Stephan Sarek

Seemannsgarn

Erzählungen

RAKE VERLAG

1. Auflage 2000

<Rake-Verlag@t-online.de>
www.rake.de
Umschlaggestaltung von Martina Russmann, Hamburg/Alveslohe
Druck und Bindung: Clausen & Bosse, Leck
Printed in Germany
ISBN 3-931476-28-6

Wer sich über die Wirklichkeit nicht hinauswagt,
der wird die Wahrheit nie erobern.

Friedrich Schiller

Der Boiler ist kaputt

»Der Boiler ist kaputt«, stellte Horst Ziolkowsky fest. Eine gewisse Dramatik schwang in dieser Feststellung mit. Nicht, weil das Kaputtgehen eines Boilers dramatisch an sich ist, sondern weil es dramatisch für Horst war. Es bedeutete für ihn eine radikale Umstellung von in Jahren gewachsenen Gewohnheiten.

Dies und damit seine unterdrückte Panik zu verstehen, setzt natürlich die Kenntnis jener Gewohnheiten voraus, die mit dem Ableben seines Boilers quasi über Nacht ihr jähes Ende fanden. Ebenso wird nur derjenige, welcher bereit ist, Horsts Geschichte zu hören, auch verstehen, warum dieser Horst Ziolkowsky, der jetzt seine Hände bekümmert im kalten Wasserstrahl wusch, einer der wenigen Menschen ist, deren Wohnzimmereingang von einer Ampel geregelt wird.

Doch eins nach dem anderen.

Als der dreißig Jahre alte Boiler seinen Dienst einstellte, zog ein apokalyptisches Szenario an Horsts geistigem Auge vorbei. Als spule sich sein Leben noch einmal ab, ähnlich dem Erleben eines aus dem dreizehnten Stock fallenden Selbstmörders.

Zum ersten pflegte Horst nämlich sein Haupthaar im Handwaschbecken zu waschen. Dienstags und donnerstags. Seit dreißig Jahren. Dienstags und donnerstags hatte er stets seinen Kopf unter den Hahn gehalten, aus dem angenehm warmes Wasser ihm den Schaum aus den Haaren spülte. Außerdem, und das war fast noch schlimmer, trank er Instantkaffee, den er mit dem heißesten Wasser, zu dem sein Boiler bislang fähig gewesen war, ›aufgebrüht‹ hatte. Das ging schnell, und was ist für einen Kaffee wichtiger, als daß zu seiner Herstellung wenig Aufwand betrieben wird?

Wie auch immer. Kaffee und Kopf würden in Zukunft ohne warmes Wasser auskommen müssen, es sein denn, er, Horst Ziolkowsky, würde für die Reparatur seines Boilers sorgen.

Soweit er sich erinnern konnte, gehört ein Boiler zu den Dingen, deren Funktionalität Sache des Vermieters ist. Wenngleich er also im Recht zu sein schien, die Reparatur von der städtischen Wohnungsbaugesellschaft einzufordern, so forderte Horst Ziolkowsky nur ungern. Fordern, so fand er, sei untugendhaft, zumal in Zeiten allgemeiner Rezession. Doch ließ ihm sein Schicksal keine Chance, denn ein kaputter Boiler repariert sich nun mal nicht von selbst.

Horst überwand also seine Abneigung gegen die Inanspruchnahme seines guten Rechts, nahm alle Stirn zusammen und rief seine Gesellschaft an.

Seine Angst war indes unbegründet. Im Gegenteil. Joachim Hoffmann, der auf dem Amt diese Art von Anrufen entgegenzunehmen hatte, wartete förmlich darauf. Vor zwei Tagen war sein kleines Büro, das er sich mit einem Kollegen teilte, an das stadtweite Computernetz angeschlossen worden. Ein eigener Bildschirm stand nun auf seinem Tisch wie auch auf dem des Kollegen. Mit eigener Tastatur und einem eigenen Kabel, welches in der Wand verschwand, auf wundersame Weise verbunden mit dem Rest der Welt. Die Zeiten, in denen er die Reklamationen der stadteigenen Mieter auf kleine Kärtchen schrieb, um sie seinem Kollegen zur weiteren Bearbeitung auf den Tisch zu legen, gehörten endgültig der verstaubten Vergangenheit an. Nunmehr schrieb er gleich in den Rechner und schickte die ›Message‹ per Knopfdruck auf den Bildschirm seines Bürogenossen; ein technisches Wunder, das sich mehrmals am Tage wiederholte. Immer dann, wenn jemand anrief.

Das sichtbare Ausmaß dieses Wunders war jedoch nur die Spitze des Eisberges. Joachim Hoffmanns Kabel war nicht etwa direkt mit dem Gerät seines neben ihm sitzenden Kollegen verbunden. Obwohl die Tische exakt 89 cm voneinander entfernt standen, verschwand es, wie gesagt, in der Wand, anstatt den kürzeren Weg zu nehmen.

»Die Daten gehen erst ins Rechenzentrum«, hatte der Techniker den beiden verdutzten Mitarbeitern erklärt, »und von dort kommen sie zurück zu Ihrem Kollegen. Das hat technische Vorteile.«

Wenngleich sie das mit den Vorteilen nicht in Gänze nachvollziehen konnten, war es doch ein sich ständig wiederholendes kleines Abenteuer für die beiden, denn das Rechenzentrum der Stadt befand sich an deren anderem Ende.

Und weil es so faszinierend war, verbrachten die beiden viel Zeit damit, Mitteilungen hin- und herzuschicken. Überdies verkürzte es das Warten auf den Feierabend.

Da rief Horst Ziolkowsky an.

»Mein Boiler ist kaputt«, erklärte er zurückhaltend, »ich kann meine Haare nicht mehr waschen, und Kaffee machen kann ich auch nicht mehr.«

Joachim Hoffmann, glücklich über die sich bietende Möglichkeit des neuerlichen Datentransfers, tippte Namen, Adresse und Dilemma in den Computer, versprach Horst Ziolkowsky eine durch High-Tech bedingte schnelle Ausführung des Auftrages und schickte das Ganze rüber zu Kleinfeld, der bereits gespannt auf seinen Bildschirm starrte.

»Es ist da«, jubelte der, als die Bildschirmmaske sich mit Horst und seinem Kummer zu füllen begann.

»So schnell«, raunte Hoffmann ergriffen.

Sie selbst brauchten für die Fahrt zum Rechenzentrum, das im Hauptbezirksamt untergebracht war, eine Stunde. Bei Stau waren es fast anderthalb Stunden, und wenn sie mit den städtischen Bussen fuhren, dann sogar zwei.

»Es ist diesmal schneller gegangen als sonst«, befand Kleinfeld, »vielleicht geht es schneller, je öfter man es macht.«

»Schick es noch mal zurück«, sagte Hoffmann aufgeregt, »dann werden wir ja feststellen, ob es schneller wird mit der Zeit.«

Sein Kollege schickte die Daten zurück, und Sekunden später erschienen sie auf Hoffmanns Bildschirm.

»Stopp mal die Zeit«, forderte dieser auf, drückte die Taste, und schon war die Meldung wieder auf dem Weg.

Dann wieder zurück zu Hoffmann. Und erneut zu Kleinfeld. Zu Hoffmann. Kleinfeld. Hoffmann. Kleinfeld. Hoffmann. Kleinfeld. Die beiden gerieten in einen wahren Geschwindigkeitsrausch.

Hoffmann. Kleinfeld. Hoffmann. Kleinfeld. Kleinfeld?

»Es ist nicht angekommen.«

»Wie?«

»Na, hier ist nichts.«

»Ich habe es aber weggeschickt.«

»Es ist aber nicht angekommen.«

»Aber bei mir ist es auch nicht mehr.«

»Dann ist es weg.«

»Vielleicht braucht es diesmal länger«, meinte Kleinfeld nach einem Augenblick.

Doch auch nach zehn Minuten erschien es weder auf Kleinfelds Bildschirm, noch kehrte es zu Hoffmann zurück. Es war weg.

Nach weiteren zehn Minuten gaben sie das Warten auf. Und da sie sich nicht mehr an den Namen erinnern konnten, beschlossen sie, die Sache auf sich beruhen zu lassen. Wäre es wichtig, würde sich der Mieter wieder melden.

Nun, die Daten waren nicht wirklich verloren. Vielleicht war ihnen vom vielen hin und her trieselig geworden. Jedenfalls wurden sie an einem Knotenpunkt, irgendwo zwischen dem Rechenzentrum und dem Arbeitsplatz der beiden, von einer entgegenkommenden Information aus der Bahn geworfen, brutal in zwei Hälften gerissen und kamen vom Weg ab. Während die eine Hälfte gen Osten entschwand, raste die andere Richtung Tiefbauamt.

Der Zufall wollte es, daß Herbert Goldbach vom Tiefbauamt gerade in diesem Moment seinem eigenen Computer befahl, etwas auszudrucken. Die halben Boilerdaten, völlig verwirrt von der fremden Umgebung, hängten sich in ihrer Not an die Druckdatei und ließen sich willenlos ausdrucken.

Die vollautomatische Anlage Goldbachs, übrigens vor kurzem erst installiert, versah den Ausdruck noch mit dem Hinweis, daß es sich um einen Computerbrief handele, der auch ohne Unterschrift gültig sei, faltete ihn gewissenhaft und versandte das Ganze an die Bauaußenstelle zur weiteren Bearbeitung.

Verwirrung über diesen Auftrag gab es nicht. Die Errichtung eines Verkehrsschulgartens wurde hier genauso wichtig genommen wie eine Verkehrsanlage auf einer belebten Hauptstraße. Schließlich sollten die Kinder, bevor sie Schaden anrichten konnten, erstmal unter sich üben, in möglichst originalgetreuer Umgebung.

Daß dabei eine Ampelanlage in einer Wohnung errichtet werden sollte, war durchaus nachvollziehbar; irgendwo mußten die Kleinen schließlich auch die Theorie erlernen.

So kam es, daß drei Tage nach dem Ableben des Boilers ein Handwerker vor Ziolkowskys Wohnung stand.

»Ach, da sind Sie ja schon«, wunderte sich Horst.

»Ick komme erst mal schauen«, erklärte Rudi Meier seinen werkzeuglosen Zustand, »erst mal schauen, wo wir das Ding hinhängen.«

Horst Ziolkowsky trat beiseite und ließ den Mann hinein: »Das Badezimmer eignet sich doch eigentlich gut dafür.«

»Ach nee«, sagte der Handwerker gedehnt, nachdem er sich in der Wohnung umgeschaut hatte, »also, das Badezimmer ist ja nun ein ganz schlechter Platz.« Er machte zwei große Schritte über den Flur bis vor die Wohnzimmertür, »was halt 'n Sie 'n von hier? Ich meine, das ist doch wie auf 'ner Straße. Der Flur kommt direktemang von links, und nach rechts geht dann das Wohnzimmer ab. Da können wir auch was mit 'nem Rechtsabbiegerpfeil machen oder so, müssen mal sehen. Wo soll eigentlich der Schaltkasten hin?«

»Mein Boiler ist kaputt«, erklärte Horst verwirrt.

»Dafür bin ich nicht zuständig, da müssen Sie sich an einen Klempner wenden.«

»Sind Sie kein Klempner?«

»Nee, bin ich nicht. Ich bin vom Tiefbauamt. Ich bin wegen der Ampel hier.«

»Ampel? In meiner Wohnung?«

»Sie sind doch Horst Ziolkowsky, oder?« fragte der Handwerker und suchte in seiner Latzhosentasche nach einem Zettel. »Hier steht's, Horst Ziolkowsky, Ampelanlage für Verkehrsschulgarten. Ich nehme mal an, daß das nur für den theoretischen Unterricht ist, sonst müßten die Gören ja mit ihren Gokarts hier rein. Und dafür ist es wohl ein wenig enge.«

»In meine Wohnung kommen keine Kinder mit Gokarts«, entrüstete Horst sich, »weder praktisch noch theoretisch.«

»Wie Sie das nachher handhaben, ist Ihr Problem. Wir werden hier auf alle Fälle eine Ampel anbauen, alles andere ist mir wurscht!«

»Aber nur unter Protest!« stellte Horst unmißveständlich klar. »Und glauben Sie nicht, ich werde mich nicht erkundigen.«

»Mach'n Sie das, mach'n Sie das«, der Handwerker winkte beschwichtigend ab, »aber ich sag Ihnen gleich, der Chef ist auf Schulung. Der kommt erst in einer Woche wieder.«

»Ich kann warten«, antwortete Horst spitz, »ich kann warten.«

Unter Horsts argwöhnischen Blicken montierte die auf drei Kollegen angewachsene Bauarbeitertruppe zwei Ampelleuchtkörper zwischen Flur und Wohnzimmer und zwei zwischen Küche und Flur. Außerdem einen Rechtsabbiegerpfeil, der berechtigte, ohne auf Grün warten zu müssen, in das Wohnzimmer zu gelangen, wenn aus der Küche gerade niemand kam.

»Gibt dann keine Staus so leicht«, versuchte man ihn zu begeistern, doch Horst sah entrüstet beiseite.

»Mensch, Meister«, jammerte der Handwerker, »ich kann doch auch nichts dafür. Wir tun doch nur unseren Job. Und an das Klacken vom Schaltkasten werden Sie sich auch bald gewöhnt haben.«

»Ich lass' mich jetzt nicht aufmuntern«, beharrte Horst, »ich bin stinkesauer.«

Die Handwerker gingen, und Horst stand stinkesauer vor seiner neuen Ampelanlage. Er wartete auf grün, ging in die Küche und schmierte sich aus Frust eine Stulle.

Daß die Sache aufflog, lag nicht an Horst. Zwar rief er gleich am nächsten Tag beim Bezirksamt an, doch fühlte sich niemand so recht zuständig. Das Tiefbauamt verwies auf den Senator für Familie, Jugend und Sport; der gab Horst die Durchwahl vom Schulministerium, von wo aus man ihn an den Verkehrsausschuß weiterreichte. Dort verstand man Horst allerdings nicht und meinte, für die Errichtung einer Ampelanlage müßten schon triftige Gründe vorliegen, er solle es mal mit einem Bürgerbegehren versuchen.

»Ich habe doch bereits eine Ampel«, erklärte Horst verzweifelt, »es geht darum, sie wieder loszuwerden.«

»Das ist noch viel schwieriger«, belehrte ihn die Sachbearbeiterin und fragte, ob das Verkehrsaufkommen derart gesunken sei, daß die Ampel nicht mehr benötigt werde.

»Es war nie sehr hoch in meiner Wohnung«, meinte Horst müde, »eigentlich findet in meiner Wohnung überhaupt kein Verkehr statt.«

»Dann stelle ich zurück zur Zentrale«, sagte die Frau erleichtert über das Stichwort Wohnung, »von dort aus lassen Sie sich mit dem Wohnungsamt verbinden.« Sie verschwand aus der Leitung, die Zentrale ging ran und fragte nach seinem Begehr.

»Ich hätte gern das Wohnungsamt«, erwiderte Horst.

»Wohngeld, Fehlbelegungsabgabe oder Wohnberechtigungsschein?«

»Es ist wegen einer Ampel.«

»Da gebe ich Ihnen besser den Verkehrsausschuß.« Sprachs und verschwand aus der Leitung. Der Verkehrsausschuß ging ran, Horst traute sich vorsichtig zu sagen, daß das Wohnungsamt nicht zuständig sei für Ampelanlagen, worauf ihn die Sachbearbeiterin völlig genervt ins Aus beförderte. Nach fünf Minuten Besetztzeichenhören legte auch Horst auf, nicht ohne seinem Telefon zu erzählen, daß die mal nicht denken sollten, sie könnten das so ohne weiteres mit ihm machen.

Er nutzte eine Grünphase, um ins Wohnzimmer an seinen Wandschrank zu gehen. Dann würde er ihnen eben einen gepfefferten Brief schreiben.

So kam es also nicht heraus. Es kam auch nicht durch die horrende Rechnung heraus, die die Bauaußenstelle an das Bauamt schickte, von wo sie dem Bundesfinanzministerium zugestellt wurde. Die Dreihundertfünfundzwanzigtausendmarkrechnung wurde noch nicht einmal wahrgenommen, weil der Bundesbeamte für die Wahrnehmung von Geldbeträgen unter einer Million gerade Urlaub machte und sich sein Kollege, der für die Wahrnehmung von Beträgen über einer Million zuständig war, mit kleinen Beträgen nicht auskannte.

Den Stein ins Rollen brachte ein halbes Jahr später eine Anfrage des Blindenverbandes Spandau-Süd an den Berliner Senat mit der Bitte, den an einem Ampelmast installierten Boiler einer Fußgängerfurt in der Hochstraße etwas höher zu hängen, weil die Schäferhunde des Vereins diesen als solchen nicht erkannten und drunter durchliefen.

Die äußerst engagierte damalige Stadträtin von Berlin-Wedding, Frau Helga Müller-Abdullah, legte einen Lokaltermin ein und besah sich den Stein des Anstoßes persönlich. Auch sie befand, daß der Boiler zu tief hing, und da sie keinen Führerschein besaß, wußte sie nicht genau zu sagen, ob Ampeln mit Heißwasser betrieben wurden oder nicht.

Immerhin konnte sie durchsetzen, daß der Boiler höher gehängt wurde. Das Tiefbauamt, das damit im Rahmen einer Ausschreibung betraut wurde, entfernte bei dieser Gelegenheit gleich die völlig unnütze Fußgängerampel und errichtete für den Boiler einen extra Pfahl.

Die beherzte Frage der Anwohnerin Ulrike R., ob ein Boiler an dieser Stelle überhaupt notwendig sei, beantworteten die Tiefbauarbeiter mit dem Verweis an die Wasserwerke, da ein Boiler ja mit Wasser betrieben wurde und nicht mit Tiefbau.

Ein paar Monate später wechselte die Koalition, die Stadträtin Müller-Abdullah zog mit ihrem Mann nach Tunesien, und die Petersburger Domspatzen brachten ihre erste CD heraus, aber das nur nebenbei.

Horst Ziolkowsky kaufte sich einen kleinen Elektrokocher, dessen Inhalt er sich jetzt dienstags und donnerstags vorsichtig über den Kopf gießt und der die Wärme für einen guten Kaffee auch dann noch hält, wenn es mal ein bißchen länger an der Ampel dauert.

Denn natürlich geht Horst niemals bei Rot. Nicht nur, weil ein Aufkleber ›unseren Kindern zuliebe‹ davor warnt, sondern weil Horst Ziolkowsky auch für sich selbst mit gutem Beispiel vorangehen möchte.

Aber glauben Sie nicht, daß die Sache nicht doch noch ein Nachspiel haben wird.

Wie Siffi Hannes Klaasen kennenlernte

Maksut Öüglü hatte seinen weißen Audi 100 bar bezahlt. Wie freundlich er behandelt wurde, als er dem Verkäufer das Geld auf die Hand zählte! Alle Formalitäten waren erledigt. Die Anmeldung, die Versicherungen, die Inzahlungnahme seines alten Autos. Man öffnete ihm das Tor des blauweiß-beflatterten Verkaufsplatzes, und Maksut konnte mit dem Wagen losfahren. 115 bullige PS, die sich phallusartig in den Verkehr bohrten. Die Sitze des Wagens waren mit weißem Plüsch bezogen, und am Rückspiegel baumelten bereits serienmäßige Riesenplüschwürfel. Die Heckscheibe zierte eine bunte Lichterkette, die beim Bremsen die roten Lichter hell aufleuchten ließ, während sie bei normaler Fahrt lustig vor sich herflackerte.

Was für ein Wagen also. Und was für ein erhabenes Gefühl.

Doch gleich an der ersten Ampel lief ihm fast ein Fußgänger in das neue Auto. Maksut konnte im letzten Moment noch auf die Hupe drücken. Er ließ die automatische Scheibe herunterfahren, brüllte »Idiot« hinaus und wäre eigentlich wieder weitergefahren, wäre nicht der Fußgänger, diese blöde Sau, ebenfalls stehengeblieben, um empört die Faust zu schütteln und lautstark zu behaupten, grün gehabt zu haben.

Was natürlich Quatsch war, hatte doch Maksuts Auto wie gesagt 115 PS. Überdies hatte er nicht jahrelang für einen weißen Audi 100 mit integriertem Heckspoiler und imitierten Zusatzluftschlitzen gespart, um sich jetzt von einem Arschloch an den Wagen pissen zu lassen. Ungeachtet des Berufsverkehrs ließ er den Wagen mit laufendem Motor in dritter Spur stehen, puhlte sich aus ihm hinaus und schritt mit schwellendem Kamm dem Idioten entgegen. Dieser lief dummerweise nicht weg, sondern blieb stehen, nahm ebenfalls die Imitation einer Gefährlichkeit ein und war ganz fürchterlich wütend über den rücksichtslosen Autofahrer.

Einen Moment standen sie sich gegenüber, schubsten sich gegenseitig, als wären sie Autoscooter auf einem Rummel, und wußten anscheinend nicht so recht, was sie jetzt machen sollten.

Die Entscheidung wurde ihnen einen Moment später abgenommen. 115 PS röhrten mächtig auf, und Maksut sah entsetzt seinem weißen Audi 100 nach, der gerade mit quietschenden Reifen geklaut wurde. Wie ein Kampfhahn lief er kreischend auf der Kreuzung herum. »Nazischweine«, brüllte er, »Nazischweine, alles Nazischweine! Deutschland ist Nazideutschland. Alles Schweine!«

Dem Autoklauer, der durch die offene Scheibe Maksuts Ansichten über Deutschland gerade noch so mitbekam, waren dessen Schlußfolgerungen indes völlig wurscht. Die Situation war einfach zu günstig gewesen, als daß er sie sich hätte entgehen lassen dürfen. Nach einem Kilometer reihte er sich in die Autoschlange der Stadtautobahn ein, während Maksut beinahe kollabierte, da der Fußgänger ebenfalls das Weite gesucht hatte.

»Nazischweine«, brüllte er immer wieder, bis ihm ein Finger auf die Schulter tippte. Wütend drehte er sich um, in der festen Absicht, jeden, der ihm jetzt zu nahe käme, niederzuboxen.

Doch es war Hotte, der dort hinter ihm stand und dem die Polizeistatistik bereits ein ganzes Kapitel gewidmet hatte. Hotte war auf dem Weg zu seiner Mutter, um ihr zwei Streuselschnecken ins Altersheim zu bringen. So groß wie Hotte war, verdunkelte er für Maksut die Sonne. Und er mochte Türken nicht.

»Jetzt kriste was inne Fresse«, verriet er ihm deshalb, griff Maksut unter die Arme und trug ihn in eine Nebenstraße, gefolgt von hämisch grinsenden Nazideutschen, die mit Einkaufstaschen über die Kreuzung eilten.

Maksut fühlte sich zwar immer noch wie ein Kampfhahn, aber eher wie einer, der auf den Rücken gedreht worden war. Doch bevor Hotte seiner Lieblingsbeschäftigung nachgehen konnte, herrschte ihn eine Stimme an: »Horst? Was machst du da?«

Die beiden drehten sich um. Fünf Meter von ihnen entfernt stand Elfriede Kleinschmidt, die Zimmernachbarin von Hottes Mutter. Frau Kleinschmidt war stinkereich und gab Hotte jedesmal, wenn er seiner Mutter Schnecken brachte, zweihundert Mark auf die Hand, weil sie der Bub an ihren Enkelsohn erinnerte, der im Krieg gefallen war. Sogar Hotte kombinierte, daß es unklug wäre, diese Geldquelle zu verärgern.

»Wir unterhalten uns nur«, stotterte er daher und stellte Maksut auf den Boden zurück.

»Deine Mutti wartet auf die Schnecken«, mahnte Elfriede Kleinschmidt, »und läßt man seine Mutti warten?«

»Ach, nee«, lachte Hotte verlegen, »ich geh' sofort los, wirklich, Frau Kleinschmidt.«

Damit trollte sich der Bub, und Elfriede Kleinschmidt lächelte Maksut an.

»Danke«, sagte der, erleichtert über diese unerwartete Hilfe. »Der wollte mich umbringen, glaube ich.«

»Papperlapapp«, meinte Frau Kleinschmidt, »Horst tut keiner Seele etwas, der Junge macht doch nur Spaß.«

Sie wandte sich zum Gehen, griff sich jedoch plötzlich ans Herz und sank mit einem Stöhnen zu Boden. Entsetzt beugte Maksut sich über sie.

In diesem Moment kam der Hausdetektiv von Karstadt um die Ecke, der den Lärm auf der Straße gehört hatte und schauen wollte, was los war.

»Du Schwein«, brüllte er Maksut an, »überfällst alte Leute. Dir werd' ich helfen.« Er griff Maksut am Kragen, holte ein Funksprechgerät aus der Tasche und schrie aufgeregt nach Verstärkung. Passanten kamen hinzu und schüttelten empört den Kopf: »Typisch«, zischelten sie giftig, »kommen nach Deutschland und rauben uns aus. Sofort abschieben müßte man sowas.«

Maksuts Erklärungsversuche wurden undeutlicher, als ihm der Detektiv unter dem Beifall der Passanten gekonnt den Arm auf den Rücken drehte. Elfriede, die sich stöhnend die Hand auf die Brust hielt, wurde von den anderen hochgehoben.

»Hat er Ihnen ins Herz gestochen?« fragte jemand mitleidig, aber Elfriede konnte nicht antworten, weil ihr ein frischer Hinterwandinfarkt die Luft nahm.

Ein Streifenwagen kam, rief für Elfriede einen Krankenwagen und nahm Maksut mit, der zwar heftig protestierte, aber das tun sie ja hinterher alle.

Auch Elfriede protestierte, da sie befürchtete, das Krankenhaus nicht mehr lebend zu verlassen, wurde aber mit den Worten: »Nun haben Sie sich mal nicht so bockig, Muttchen« auf die Trage gelegt und festgezurrt.

Im Krankenhaus schnauzte sie die Krankenschwester an, weil sie ihre Krankenkassenkarte nicht dabeihatte. Und da auf der Rettungsstelle im Moment recht viel zu tun war, schob man sie in ein ruhiges Zimmer, wo sie zwanzig Minuten später verstarb.

Während sie ihren letzten Atemzug tat, erwachte neben ihr der Junkie Frank aus dem Delirium. Frank wurde im Freundeskreis Siffi genannt und erkannte zwei Dinge plötzlich ganz klar. Erstens: er würde wieder Geld brauchen für den nächsten Schuß, und zweitens: die Tote, mit der er im selben Zimmer lag, konnte mit der Handtasche, die sie noch fest umklammert hielt, eher nichts mehr anfangen. Da er nur fünf Mark fand, entwendete er ihren Ausweis und verließ das Krankenhaus durch das Klofenster, das extra für ihn und diesen Zweck offengelassen wurde.

Am Hauptbahnhof tauschte er den Ausweis gegen Heroin, ohne zu ahnen, daß sein Dealer zehn Minuten später von einer rivalisierenden Gang überfallen werden sollte. Bei diesem Überfall kam es zu einer Schießerei, und als die Polizei eintraf, flüchteten alle über eine Baustelle, wobei der Dealer einen Großteil seiner Ware verlor. Und leider auch den Ausweis.

Derweil im Krankenhaus wollte Schwester Katja den Namen des Neuzugangs aufnehmen, entschloß sich aber, als sie Elfriede so völlig tot daliegen sah, den Doktor herbeizurufen.

Dieser stellte den amtlichen Tod von Frau Kleinschmidt fest und vermerkte auf dem Totenschein, daß die Frau vermutlich einen Herzinfarkt infolge des feigen Überfalls erlitten habe und daß die sofort eingesetzte Reanimation erfolglos geblieben war.

Die mittlerweile eingetroffene Funkstreife, die die Patientin zum vermeintlichen Überfall befragen wollte, kehrte zur Berichterstattung aufs Revier zurück, wo Maksut bereits vernommen wurde, und dem sie mitteilten, daß sein Opfer verstorben sei und er jetzt ganz schön was an der Backe hätte. Es würde für ihn sprechen, so meinten sie, wenn er den Namen des Komplizen verriet, der sich laut Aussage des Kaufhausdetektives mit quietschenden Reifen vom Tatort entfernt hatte.

Die Funkstreife, die nach der Schießerei den Ausweis gefunden hatte, fuhr ins Altersheim von Frau Kleinschmidt. Da die Beamten sie jedoch nicht antrafen, vermutete man ein Verbrechen, durchsuchte ihr Zimmer und fand ungefähr eine Million Mark in Schuhkartons, die unter ihrem Bett standen.

Aus dieser Entdeckung ergab sich der Schluß, daß Frau Kleinschmidt Mitglied der geflüchteten Rauschgiftbande sein mußte, weshalb man sie zur Fahndung ausschrieb.

Inzwischen hatte der Autoklauer seine Freundin Susi von zuhause abgeholt und düste mit ihr und dem schicken Auto durch die Stadt. Wie immer, wenn sie mit einem geklauten Auto unterwegs waren, machten sie die beliebte Blitzer-Rallye. Susi hatte die ADAC-Blitzer-Karte auf dem Schoß, ein Verzeichnis sämtlicher Blitzampeln der Stadt, und dirigierte ihren Männe von Station zu Station. Die beiden schafften einen neuen Rekord; sie waren mit einer Stunde und fünfunddreißig Minuten um gut eine Viertelstunde schneller als der schöne René mit seiner Autoknacker-Gang.

Wie üblich fuhren sie danach den Wagen zum Kanal, um ihn auf dessem Grund zu parken. Aber da sie bei ihrer Rallye so schnell gefahren waren, war kurz vorher der Sprit verbraucht, und so stellten sie ihn ins nächstbeste Halteverbot.

Siffi war wieder einmal gelinkt worden. Das Zeug, das ihm sein Dealer als astrein gepriesen hatte, törnte wie grobe Leberwurst und ließ sich ungefähr auch so spritzen. Also holte er sich in Peters Spirituosen-Paradies für die fünf Mark, die er noch hatte, einen Verschnittverschnittverschnitt, kippte ihn ex und stieß bei der Suche nach einem geeigneten Schlafplatz auf einen weißen Audi 100, der mit unverschlossenen Türen am Kanal stand. Bevor er einschlief, mußte Siffi sich für umgerechnet dreihundert Mark übergeben und verwandelte die plüschene Rückbank in eine Art Flickenteppich.

Eine Politesse, die den Falschparker aufschreiben wollte, weckte Siffi, übergab ihn der herbeigeeilten Funkstreife und rief für den Wagen ein Abschleppunternehmen.

Die Funkstreife steckte Siffi zu Maksut in die Zelle, wogegen dieser natürlich lautstark protestierte, da Siffi nicht umsonst Siffi hieß. Um dem Stinker zu entkommen, täuschte Maksut einen Herzanfall vor, doch da Siffi in diesem Moment die große Flatter bekam, wurden beide in Begleitung zweier Polizisten ins Krankenhaus gefahren.

Als sie mit Martinshorn über eine Kreuzung bretterten, stießen sie mit einem Abschleppwagen zusammen, der einen weißen Audi 100 geladen hatte. Der Audi polterte herunter und fiel aufs Dach. Interessanterweise passierte das Ganze an der Stelle, an der Maksut das Auto geklaut worden war.

Fünf Leichtverletzte gab es bei diesem Unfall: die beiden Polizisten, zwei Sanitäter und einen zufällig vorbeikommenden Passanten, dem das herabfallende Auto auf den Fuß gefallen war und der es nicht fassen konnte, vom selben Auto erwischt zu werden, das ihn heute morgen fast über den Haufen gefahren hätte.

Als er Maksut wiedererkannte, fing er an, auf ihn einzuhauen. Eine wilde Prügelei begann, in deren Verlauf noch ein Kaufhausdetektiv, zwei Autonome und ein Hotte hinzustießen.

Siffi bekam das alles gar nicht so recht mit. Er fühlte sich mittlerweile ziemlich schlecht, lief deshalb hinüber zum Krankenhaus und legte sich in das Zimmer, das er vorhin durch das Klofenster verlassen hatte.

Die Schwester kam herein, wunderte sich, daß Siffi nicht wie sonst durch das Klofenster abgehauen war, und weil es ihm offensichtlich sehr schlecht ging, nahm man ihn stationär auf.

Man gab Siffi etwas Methadon zur Beruhigung und schob ihn in ein Einzelzimmer im dritten Stock, in das hinein die warme Sonne fiel. Eine Weile sah er verwundert dem riesigen Polizeiaufgebot zu, das sich mittlerweile auf der Kreuzung versammelt hatte, und schlief dann verköstigt und gesättigt ein. Er träumte von einem besseren Leben als dem seinen und wurde nach drei Tagen clean entlassen.

Über seinen Hausarzt bekam er einen Therapieplatz in Lüchow-Dannenberg, verliebte sich dort während eines Heiltöpferkurses in Hannelore und zog zu ihr auf eine alternative Truthuhnfarm.

Zwei Jahre später lernte er Hannes Klaasen kennen.

Linie 1

Das erfolgreichste Theaterstück der Welt wird zweifelsohne in Berlin gegeben. Seit 1902 findet es über hundert Mal am Tage statt, mit tausenden von Schauspielern und einer Kulisse, die trotz ihrer detailgenauen Ausstattung schneller wechselt, als es in den großen Theaterhäusern der Welt jemals möglich wäre. Das Stück heißt Linie 1. Die Bühne, die gleichzeitig Zuschauerraum ist, wurde einem Zug nachempfunden, der sich über die Autodächer von Berlin hinwegwindet, um dann irgendwann in einem Haus zu verschwinden. Die Zuschauer sind gleichzeitig die Darsteller, und der Eintrittspreis beträgt soziale 3,90 DM, mit Ermäßigungen für Kinder, Fahrräder und Hunde.

Gesehen habe ich die Vorstellung schon oft. Unzählige Male saß ich zwangssozialisiert auf straff bespannten Bänken, verglich mein fenstergespiegeltes Ich mit den müden Gegenübern und versuchte schunkelnd den Aufführungen zu folgen, in der ständiges Kommen und Gehen für dramatische Wendungen sorgt. Als ich mich reif genug dazu fühlte, beschloß ich, mitzuspielen.

Ich steige Warschauer Brücke ein, genieße den einzig wirklich weltstädtischen Blick Berlins über die Spree und warte auf das Pfeifen der Eisenräder, als der Zug in die Kurve nach Kreuzberg geht, dort, wo sie »Lola rennt« drehten und wo die Bäckerei Sindbad rund um die Uhr backt und feilbietet. Der Bahnhof Schlesisches Tor sieht so aus, als starte von hier der Orientexpress, und wieder einmal stelle ich mir die Frage, ob es ein Zufall ist, daß sich ausgerechnet um ihn herum so viele Türken niederließen.

In der Geraden, die Kreuzberg wie einen Kuchen in zwei Stücke teilt, wächst meine Anspannung. Klaus, mein Mitspieler, müßte gleich kommen. Ohne ihn fällt meine Rolle ins Wasser. Er weiß zwar nichts von mir, doch ich bin sicher, daß er kommt. Klaus kommt immer.

Die Stützen, die den Zug wie ein stählerner Tausendfüßler vom Boden wegdrücken, verströmen den morbiden Charme eines Batman-Films, und ich sitze geduldig wie eine Spinne, die auf ihr Opfer wartet. Eingekeilt zwischen einer jungen Dicken und einer älteren Dicken, umgeben von Menschen, die aus aller Welt zusammengekommen sind, um mit mir Linie 1 zu spielen. Wo bleibt Klaus?

Klaus steigt Nollendorfplatz ein. Ich erkenne ihn sofort. Dieser hinterhergezogene Fuß, dieses personifizierte Leid, dieser zerrissene, doch gleichfalls um Anständigkeit bemühte Ausdruck seiner Kleidung. Und dann erst dieser klassische Monolog, mit dem er beim Anfahren des Zuges seinen Einsatz beginnt: »Guten Tag, ich heiße Klaus. Ich möchte Sie nicht belästigen, würde mich aber freuen, wenn Sie mir kurz Ihre Aufmerksamkeit schenken könnten. Vielen Dank.« Klaus löst sich von der Tür, die sich zischend hinter ihm geschlossen hat, und hinkt in die Mitte des Waggons. »Ich habe sehr viel Pech gehabt im Leben«, setzt er seinen Text fort, unbeachtet der Tatsache, daß sich alle anderen plötzlich simultan auf ihre Schuhspitzen konzentrieren. »Mein Betrieb hat mich entlassen, weil ich an Asthma leide, und seit sich mein Bein entzündet hat, kann ich kaum noch laufen. Meine Ärztin versorgt es zwar kostenlos, doch es entzündet sich immer wieder aufs neue.«

Mittlerweile ist Klaus nur noch zwei Meter von mir entfernt. Meine Anspannung wächst. Als er auf gleicher Höhe ist, kurz bevor er auf sein eigentliches, erschreckend monetäres Anliegen zu sprechen kommt, steige ich in die Rolle ein.

»Klaus!«

Klaus verharrt, dreht sich herum und hält mir, in völliger Fehleinschätzung der Lage, seine Hand hin, in die hinein er sich eine Münze erhofft. Doch ich sehe ihn stattdessen mit einer Melange aus Vorwurf und Güte an.

»Mutter sucht dich.«

Feine Falten zeichnen sich auf seiner Stirn. Sein Blick sucht in meinem nach der Botschaft zwischen den Worten. Doch ich halte stand.

»Erkennst du mich nicht? Ich bin es, dein Bruder!«

Nun geht sein Blick nach innen, irritiert dort eine Antwort erhoffend. Als nichts zu finden ist, kein Bruder, der so aussieht wie ich, vielleicht überhaupt kein Bruder, wendet Klaus sich zum Weitergehen. Doch ich springe auf und stelle mich ihm in den Weg.

»So einfach ist das nicht. Du kannst nicht so tun, als wäre nichts passiert. Mutter hat dir verziehen. Sie weiß das mit deinem Bein. Komm zurück. Zu uns.« Ich drehe mich zu der älteren Dicken, deren Blick mittlerweile dem Geschehen folgt. »Sie hat ihm verziehen«, sage ich zu ihr, und verständnisvoll nickend erklärt sie sich mit unserer Mutter solidarisch. Klaus versucht an mir vorbeizukommen. »Nicht«, flehe ich und nehme dankbar wahr, daß die dicke Frau ihre Hand auf Klausens Arm legt. »Hören Sie auf Ihren Bruder«, beschwört sie ihn, »gehen Sie zurück nach Hause.« Von der Bank gegenüber werden Rufe laut. »Da kann man Ihnen doch viel besser helfen«, mahnt ein junger Mann, wahrscheinlich Medizinstudent, und schüttelt wie plötzlich viele den Kopf über so viel Unvernunft. Als der Bahnhof da ist, springt Klaus hinaus und rennt davon. Ein letzter flehender Ruf von mir, der ich hinterhereile, dann ist er verschwunden. Zufrieden kreise ich durch die Menschenmassen am Wittenbergplatz, esse zwei Curry-Würste und löse einen Fahrschein für die Rückfahrt. Ein zweiter Vorhang käme mir nun recht.

Diesmal dauert es nicht sehr lange, bis meine Mitspieler kommen. Sie sind zu dritt und so unauffällig, daß man sie schon von weitem erkennt. Als der Zug losfährt, schwärmen sie aus. »Fahrkartenkontrolle! Bitte mal die Fahrausweise.«

Mit dem Blick eines verängstigten Hasen starre ich den Kontrolleur an, der sich vor mir aufbaut. »Hören Sie«, beginne ich stotternd, »der Automat ..., er hat den Geldschein immer wieder ausgespuckt. Und ich muß doch ganz schnell zu meiner Oma.« Der Kontrolleur verwandelt sich in einen Wolf. »Sie ist krank«, füge ich leise hinzu, wohl wissend, daß sich das wie eine dieser ewig miesen Ausreden anhört. Auf ein Zeichen kommen nun die beiden anderen hinzu. Ein Rudel Wölfe vor einem verängstigten Kaninchen. Die Vorstellung kann beginnen.

Schach der Dame

Das Leben ist ein Schachspiel mit nur zwei Figuren, dem König und der gegnerischen Dame. Meistens jagt man einander im täglichen Kampf hinterher, doch manchmal sitzt man sich auch im Patt gegenüber. Wie heute beim Frühstück. Das heißt, ich glaube zumindest, daß hinter der hochgehaltenen ›Frankfurter Allgemeine‹ die gegnerische Dame, meine Frau, steckt. Doch wer sollte sonst dort sitzen?

Für einen König ist es unmöglich, ignoriert zu werden. Ich beschließe, meine Frau aus ihrer Deckung hervorzulocken.

»Ich habe beschlossen, etwas Gutes für Frauen zu tun.«

Nichts passiert.

»Ich werde eine Eingabe an den Bundestag machen. Die müssen einen Antichauvinismus-Paragraphen ins Grundgesetz hineinnehmen. Und ich werde ihn formulieren.«

»Ich bin stolz auf dich«, lobt es hinter der Zeitung hervor. Eine erste Reaktion. Doch nicht genug. Ich muß deutlicher werden. »Vielleicht bekomme ich dafür den Friedensnobelpreis.«

»Denkst du daran, die Gardinen bei deiner Oma abzunehmen?«

»Oder den für Frauen.«

»Sie sind schon wieder ganz gelb.« Die Zeitung bewegt sich keinen Millimeter. Ich könnte ebensogut jemanden in Frankfurt anrufen.

»Ich mache mich am besten gleich an die Arbeit. Der Abgabeschluß für die Arbeiten zum Nobelpreis ist in drei Wochen.« Ich habe keine Ahnung, wann die Arbeiten einzureichen sind. Ich weiß noch nicht einmal, wo. Wahrscheinlich in Stockholm. »Ich muß dazu selbst nach Stockholm.«

»Denkst du vorher an die Gardinen?«

Fassungslos starre ich auf die Zeitung, hinter der ich die Frau vermute, die mir einst geschworen hat, mich treu und redlich zu lieben. Vom Zeitunglesen war nie die Rede. ›Winnetou lebt!‹ steht in großen Lettern auf der Titelseite. Angeblich war es Wissenschaftlern gelungen, den Indianerhäuptling aus Schweißresten auf seiner berühmten Silberbüchse zu klonen. Meine Frau liebt Indianergeschichten. Wahrscheinlich hat sie dieser Artikel so gefangengenommen, daß sie ihren Mann, mich, verleugnet. Dabei ist es unwahrscheinlich, daß die Entdeckung gelungen wäre, hätten die Forscher, statt zu klonen, die Gardinen bei ihren Omas abgenommen. Ich versuche mich in einen Außerirdischen zu verwandeln, doch es mißlingt. Also bleibt nur noch ein Mittel.

»Ich brauche deine Hilfe dabei.«

Die rechte obere Ecke der Zeitung klappt langsam nach unten. In dem freiwerdenden Dreieck erscheint ein Auge meiner Frau, dessen Braue sich in strenge Falten legt. »Es reicht doch wohl, daß ich sie wasche. Soll ich vielleicht noch auf der Leiter herumturnen?«

»Ich brauche deine Hilfe bei meinem Vorhaben.«

»Welchem Vorhaben?«

Für einen Moment verkrallen sich unsere Blicke ineinander. Provoziert sie, oder darf ich in Zukunft Mrs. Alzheimer zu ihr sagen?

»Ich will ein Antichauvinismus-Paragraphen ins Grundgesetz einbringen. Um die Unterdrückung der Frau zu beenden. Das hat es bislang noch nie gegeben. Du mußt mich beraten, was die Frauenfragen angehen.«

Jetzt hat sie die Botschaft erreicht. Der Rest der Zeitung sinkt. Winnetou hat verloren.

»Du verlangst von mir, daß ich an dir eine Gehirnwäsche vornehme?« Meine Frau blickt mich ungläubig an. »Du bist einer der größten Chauvinisten, die ich kenne. Warum solltest du an deinem eigenen Ast sägen?«

»Ich kann mich ändern«, erwidere ich leise und senke den Blick.

»Dann kümmer dich um die Gardinen.« Damit klappt die Zeitung wieder hoch. Winnetou ist erneut auf dem Vormarsch, der König gerät in Bedrängnis. Ich beschließe, zum Äußersten zu greifen.

»Ich werde dich verlassen.« Tief, ernst und emotionslos kommen diese Worte.

»Denkst du vorher an die Gardinen?«

Als es später darum geht, den Frühstückstisch abzuräumen, sprintet meine Frau zum Telefon. »Ein wichtiges Gespräch«, wirft sie mir zu, dann ist sie verschwunden. Nicht, daß ich ihr kein wichtiges Gespräch zutraue, aber ich kenne sie zu gut.

Und behalte recht. Daß ich in der Küche jedes Wort mit anhören kann, ist reiner Zufall. Liegt vielleicht an der losen Holzlatte, die, wenn man sie etwas abzieht, den freien Blick auf das andere Zimmer zuläßt. Mit einem Eßlöffel macht sich das am besten. Schmale Seite eingeführt und um neunzig Grad gedreht. Jetzt möglichst nicht atmen und absolute Stille. Ich habe gelernt, völlig regungslos in dieser Stellung zu verharren. Mit dem Löffel in der Wand.

»Hallo, Soraya,« höre ich meine Frau durch die Wand, »ich bin es, Michelle. Du wirst es nicht glauben, ich habe mir diese tolle Bluse gekauft.«

Na, klasse. Sie teilt ihrer Freundin Soraya den Neukauf einer Bluse mit. In einem Anfall von Naivität hatte ich gehofft, mein Nobelpreis sei der Grund für dieses eilige Telefonat. Aber weit gefehlt. Wahrscheinlich erzählt sie als nächstes, daß die Katze neben den Topf gekackt hat.

»Übrigens hat Spock gestern das Klo verfehlt, Männchen sind einfach nicht stubenrein zu kriegen.«

Ernüchtert schüttele ich den Kopf. Frauen sind leicht zu durchschauen. Die Latte klemmt den Löffel fest gegen die Wand. Durch das kleine Loch habe ich schon viel mitbekommen von dem, was meine Frau so alles am Telefon von sich gibt. Das ist kein Nachspionieren. Ich bin als Mann für sie verantwortlich. Nur wenn ich von ihren Kümmernissen weiß, kann ich dagegen angehen. Auch wenn es oft nicht wichtig ist. Heute zum Beispiel sind es nur Belanglosigkeiten.

Als ich den Löffel wieder leise aus der Wand zu ziehen versuche, horche ich auf. Michelle kichert plötzlich wie ein Schulmädchen. »Wie er heißt? Na, Francesco«, höre ich sie in den Hörer flüstern, »du weißt ja, ich habe mir schon immer einen Italiener gewünscht.« Wer ist Francesco? Sorayas Antwort tröpfelt konspirativ zu mir herüber, worauf meine Frau »Natürlich müßte ich es ihm sagen, aber du weißt ja, wie das ist« antwortet. Erneut Sorayas Stimme, die ich nicht verstehe. »Am Wochenende«, meint Michelle dann plötzlich, »da ist Claudius vielleicht nicht da. Er hat irgend etwas von Stockholm erzählt. Dann wäre hier sturmfreie Bude. Cassie kommt solange aufs Land zu Gabi.«

Nachdenklich starre ich gegen die gebogene Latte. Wer ist Francesco?

»Was machst du denn da?«

Cassie, unsere Tochter, ist leise in die Küche gekommen. In der rechten Hand hält sie ihr Lieblingsstofftier. Glücklicherweise hat sie instinktiv geflüstert. Allerdings verliere ich vor Schreck die Kontrolle über den Löffel. Er drehte sich erneut und wird von der zurückschnellenden Latte fest gegen die Wand gepreßt. Die konvex-konkave Wölbung macht einen Löffel nicht gerade zu einer sicheren Abstützung. Ausgerechnet jetzt. Warum ist das Kind nicht in der Schule?

»Warum bist du nicht in der Schule?« flüstere ich zurück.

»Es sind Ferien. Warum hast du einen Löffel in die Wand gesteckt?«

Eine gute Frage. Kinder stellen oft solche guten Fragen. Besonders Cassie. Sie ist sehr intelligent. Es macht mich stolz, meine Erbanlagen so gut in meinem Kinde aufblühen zu sehen. Aus großen, dunklen Kinderaugen starrt sie mich an. Die

Augen hat sie von meiner Frau. Aber von wem sind die schwarzen Haare? Wer ist Francesco? Und warum müssen Kinder so hartnäckig sein?

»Warum hast du einen Löffel in die Wand gesteckt?«

Ich muß aufpassen. Unmöglich kann ich ihr die Wahrheit sagen, schließlich habe ich als Mann auch die Verantwortung für meine Tochter. Die Wahrheit würde sie zu sehr schocken; Kinder sind nicht in der Lage zu differenzieren. Ich muß mir etwas Plausibles ausdenken, wozu bin ich Politiker?

»Ist es wieder eine Wanze?« fragt Cassie, bevor ich antworten kann.

Sie liefert mir selbst die Vorlage, wie gut. Ich bin versucht zu nicken, doch etwas hält mich zurück. Eine Wanze ist zu verfänglich, zu zweideutig.

»Eine Kakerlake«, sage ich statt dessen. Ein fataler Fehler, wie sich herausstellt. Cassie schlägt die Hände vor den Mund und rennt schreiend aus der Küche. »Eine Kakerlake, eine Kakerlake. Schnell, Michelle, eine Kakerlake.«

Warum rennt sie, wenn sie Angst hat, zu ihrer Mutter anstatt zu mir? Ich höre, wie Michelle den Hörer auf die Gabel schmeißt. In wenigen Augenblicken wird sie in der Küche sein. Ich muß den Löffel zurück in den Besteckkasten legen, meine Frau ist erwachsen und wird sich nicht so leicht täuschen lassen. Sie kann schon differenzieren.

Doch der Löffel steckt wie in einem Schraubstock. Die gesamte Spannungsenergie der gebogenen Latte klemmt ihn an der Wand fest. Und beim Versuch, die Latte mit den Fingern zur Seite zu biegen, ziehe ich mir eine Rißwunde am Finger zu. Die Schritte meiner Frau sind bereits deutlich zu hören. Geistesgegenwärtig hänge ich einen Topflappen an den Löffelstiel und drehe mich abrupt um. »Ja, bitte?«

Sie sieht mich komisch an. »Ja, bitte?«

Einen Moment ist Stille.

»Wir haben Kakerlaken im Haus?« fragt sie dann schließlich.

Ich gewinne meine Souveränität zurück. Süffisant lächelnd winke ich ab. »Es ist alles in Ordnung. Solange ich hier bin, wird euch nichts geschehen.«

Cassie preßt ihr Stofftier fest an sich. Eine plüschene Seeelefantenkuh mit Feuerwehrmütze. Monatelang habe ich versucht, ihr beizubringen, daß Seeelefantenkuh nur mit zwei »e« geschrieben wird. Letzte Woche jedoch hat sie mir den neuen Duden auf den Schreibtisch geknallt. Seitdem bin ich als Erziehungsberechtigter bei ihr unten durch. Jetzt, wo wir drei hier zusammenstehen, fällt mir plötzlich deutlich auf, wie sehr sich Cassies schwarze Haarfarbe von unserer unterscheidet. Ich bin blond, meine Frau rot. Wer ist Francesco?

»Warum steckt der Löffel in der Wand?« fragt nun auch meine Frau. Ich überlege, ob ich den Löffel als Topflappenhalter ausgebe, entscheide mich dann aber für etwas anderes. »Ich habe eine Kakerlake zerdrückt. Sie ist hinter die Latte gekrochen, aber ich habe sie noch erwischt.«

»Mit dem Löffel?« Meine Frau ist entsetzt. »Du bist ein Schwein.« Cassie fängt an zu weinen.

»Ich habe ihn vorher mit kochendem Wasser desinfiziert.« Gut gekontert; das erklärte auch den Topflappen.«

»Schmeiß den Löffel weg«, befiehlt sie, »ich werde damit nicht mehr essen.«

Ich zucke die Schultern. »Wie du willst, Liebling.« Als ich erneut versuche, den Löffel aus der Wand zu ziehen, platscht ein Blutstropfen in die Spüle. Mir wird flau. »Ich blute, die Kakerlake hat mich gebissen«, sage ich vorwurfsvoll zu meiner Frau. Wieder fällt ein Tropfen und zerplatzt auf dem weißen Email. Über die Schulter gedreht schaue ich hilfesuchend nach hinten. »Ich blute.«

Ungerührt nimmt meine Frau Cassie auf den Arm. »Du brauchst keine Angst mehr zu haben, der böse Kakerlak ist tot.«

»Ich verblute«, versuche ich ihr den Ernst der Situation klarzumachen. Es tropft erneut; geht das so weiter, bin ich in drei

Tagen vollständig ausgeblutet. Warum unternimmt meine Frau nichts? Sie tröstet ihre Tochter und läßt ihren Ehemann in der Küchenspüle langsam verbluten. Die Situation überfordert sie vielleicht. Ich muß mein Schicksal selbst in die Hand nehmen.

»Weißt du, wo Pflaster liegen?«

»Wo du sie hingepackt hast. Im Küchenschrank neben dir.«

Richtig. Ich erinnere mich. Vorausschauend hatte ich vor einiger Zeit Pflaster in der Küche stationiert, obwohl meine Frau sie nicht im Küchenschrank liegen haben wollte. Heute beweist sich diese Umsicht als meine Rettung. Mit der gesunden Hand öffne ich die Tür, nehme ein Pflaster vom Stapel und klebe es mir mit eiskalter Ruhe auf die Wunde. Die Blutung kommt zum Stehen. Erschöpft sinke ich auf den Küchenschemel.

»Ich werde mal wieder den Kammerjäger kommen lassen«, sagt meine Frau nachdenklich und verläßt mit Cassie auf dem Arm die Küche.

Ich hole tief Luft. Selbst in dieser Ausnahmesituation funktioniert mein analytischer Verstand ausgezeichnet. Ich kann mich nicht daran erinnern, jemals einen Kammerjäger hier gesehen zu haben. Noch nicht einmal eine Kakerlake oder sonstiges Getier. Wer ist Francesco? Ich höre Michelle die Kleine ins Kinderzimmer bringen. Unter Zuhilfenahme eines zweiten Löffels gelingt es mir, den ersten zu befreien. Dann knote ich ein Geschirrtuch an den Enden zusammen, schwinge es um den Hals und lege meinen Arm hinein. Für einen Moment bin ich versucht, ins Krankenhaus zu fahren. Der Chirurg könnte einen Blick auf die Wunde werfen. Doch Francesco geht mir zu sehr durch den Kopf. Also ziehe ich mich ins Arbeitszimmer zurück, um zu überlegen. Ein Schachspiel verlangt ständiges Überlegen. Sollte Michelle die Ehe langweilig geworden sein, so daß sie sich in die Arme eines italienischen Papageno schmiß? Mein Blick wandert zum Fenster. Drüben auf der Baustelle gibt es genug halbnackte Bauarbeiter, die sofort aufhören zu mauern und sich wie Truthähne aufplustern, wenn eine Frau vorbeikommt. Mein Spiegelbild im Fenster zieht den Bauch ein. Ich drehe den Kopf zum Profil. Eine hohe Stirn zeugt von großer Intelligenz. Die meine zieht sich bis zum Hinterkopf und wird umrahmt von einem feinen Haarkranz. Einem Lorbeerkranz, oder fast schon einer Königskrone ähnlich, ruht er angemessen auf dem Haupte. Das Leben ist ein Schachspiel, und manchmal wird man vom König zum Bauern. Es sei denn, man macht einen klugen Zug. Ich werde den Truthähnen nicht kampflos das Feld überlassen. Aber ich werde ihnen auch nicht mit den Waffen einer Pute entgegentreten. Meine Frau ist intelligent, folglich weiß sie Intelligenz zu schätzen.

Euphorisch wende ich mich dem Schreibtisch zu. Das Grundgesetz wird mein nächster Schachzug sein. Rasch spanne ich ein Blatt in die Maschine und lege meinen Kopf zur Seite. Der Anfang ist das Schwerste, und in Schräghaltung funktioniert mein Kopf immer noch am besten. Keine Ahnung, warum.

Präambel zum Schutze der Frau

§ 1. Alle Frauen sind vor dem Gesetz gleich.

§ 2. Keine Frau darf wegen ihrer politischen, religiösen oder weltanschaulichen Einstellung, ihrer Herkunft, ihres Berufsstandes, ihres Aussehens oder ihrer Figur benachteiligt, behindert oder belästigt werden.

§ 3. Verfehlungen, die eine Frau begeht, sind auf eine Entgleisung ihres Hormonhaushaltes zurückzuführen. Das gilt für Klein-, Mittel- und Kapitaldelikte sowie für Ehebruch.

§ 4. Frauen können logisch denken, müssen es aber nicht.

Ich lehne mich prüfend zurück; plötzlich legen sich zwei Hände um meinen Hals.

»Du bist aber wieder verspannt, Liebling.« Meine Frau ist unbemerkt ins Zimmer gekommen und fängt an, mich zu massieren. Warum tauchen Frauen immer aus dem Nichts auf? Für einen Moment stelle ich mir die Frage, ob sie wohl zu einem Mord fähig ist, wenn sie erkennt, daß ich ihrem Treiben auf die Spur gekommen bin. »Der erste Entwurf ist schon fertig«, sage ich, ohne mir etwas anmerken zu lassen, und reiche ihr den Zettel nach hinten. Sie liest, während ihre linke Hand sanft weitermassiert. Kommentarlos gibt sie mir den Zettel zurück.

»Das ist der Anfang meines Grundgesetzes für Frauen. Was ich heute morgen beim Frühstück sagte«, fühle ich mich gemüßigt zu erklären.

»Richtig, irgend so etwas sagtest du.« Ich sehe im Fenster, wie sie mit dem Kopf nickt. Ich kenne dieses Nicken. Es signalisiert weniger Zustimmung, als die Vermutung darüber, daß ich eine Meise habe. »Was verstehst du eigentlich unter Ehebruch?«

»Alles Sexuelle, das weder mit dem Ehemann noch mit Onanie zu tun hat.«

Wieder dieses Nicken. »Apropos onanieren, was macht eigentlich deine Hand?« Das kommt zu mitfühlend, als daß es hätte ehrlich sein können. Meine Sinne sind aufs Höchste gespannt. »Es geht schon«, sage ich mit gequälter Stimme, »am Samstag nehme ich die Gardinen bei Oma ab.«

»Die rennen doch nicht weg. Wolltest du nicht verreisen?« Nachtigall, Nachtigall.

»Die Gardinen sind bestimmt schon ganz gelb.«

»Das sind sie nächste Woche auch noch. Nein ehrlich, fahr ruhig.« Der Druck ihrer Hand nimmt zu. Etwas fester, und ich bin für den Rest des Lebens Katheterträger.

»Aber macht es dir nichts aus, das Wochenende allein zu sein?« Ich versuche Besorgnis in meine Stimme zu legen. Michelle schmiegt sich um mich herum und kniet sich vor mich hin. Zärtlich streicht sie mir über die verletzte Hand und legt ihren Kopf auf meinen Schoß. »Du kannst wirklich fahren.

Hauptsache, du kommst wieder.« Sie ist plötzlich so, wie ich mir das immer wünschte. Was für ein schlechtes Gewissen muß sie treiben.

Wir stehen am Hauptbahnhof. Michelle hat sich förmlich angebiedert, mich zum Zug bringen zu dürfen. Als er einläuft, drückt sie mich innig. »Du wirst mich doch hoffentlich vermissen, oder?«

Ich gebe ihr einen hastigen Kuß auf die Wange. »Du mich auch.«

Während der Zug die Halle verläßt, winkt sie mit einem weißen Taschentuch. Wie zur Versöhnung.

Ich verlasse den Zug in Wittenberg, hole ein Taxi heran und lasse mich auf die Rückbank fallen. »Zurück nach Berlin.«

»Was vergessen?« Der Fahrer dreht sich neugierig zu mir herum.

»Nein«, antworte ich knapp, »aber macht es Ihnen was aus, wenn ich mich beim Fahren schminke?«

Nun betrachtet er mich prüfend. »Was sind denn Sie für einer?«

Ohne ihn zu beachten, klappe ich meinen Koffer auf und entnehme ihm die Holzbox, die mit einem unauffälligen Hemd gepackt ist. Von dieser Kiste weiß Michelle nichts. Ein aufstellbarer Spiegel hindert den Deckel am Zufallen und gestattet ungehinderten Zugriff auf den Inhalt der Kiste. Bärte, Augenbrauen, Perücken, Schminkutensilien. Sämtliche Hauttöne stehen mir zur Verfügung sowie Lidschatten aller Farben und Wimpern jeder Länge. Meine heimliche Leidenschaft.

»Sind Sie 'n Geheimagent?« Der Taxifahrer hat sich zurück nach vorne gedreht und seinen Spiegel schräg gestellt, um mich besser zu sehen. Ich schenke ihm einen genervten Blick. »Es hat mit meiner Frau zu tun.«

Nun huscht ein konspiratives Lächeln über sein Gesicht. Was Frauen angeht, da verstehen Männer einander ohne viele

Worte. Über einen Fallstromvergaser kann man stundenlang diskutieren, mit den neuesten Bundesligaergebnissen ganze Kneipenabende füllen, und politische Themen reichen schon mal für eine kleine Schlägerei. Beim Stichwort Frauen aber ist alles klar. Keine Worte nötig. Ein allwissendes simultanes Kopfnicken mit den anderen Kumpeln reicht aus, um alles zu wissen über Frauen. Wie sie sind und was man von ihnen zu halten hat. Und was man mit ihnen allenfalls anfangen kann.

»Sie woll'n kleines Nümmerken schieben?!« lacht der Fahrer. »Und keiner darf Sie dabei erwischen. Vor allem Ihre Frau nicht.«

»Fast richtig«, stimme ich ihm zu, »aber meine Verkleidung dient nicht nur dazu, um unerkannt zu bleiben. Es geht auch um den gewissen Kick, verstehen Sie?« Der Fahrer nickt nachdenklich.

Mittlerweile habe ich angefangen, dunkle Schminke aufzutragen. Innerhalb weniger Minuten verwandelt sich mein blasses Gesicht in das eines Afrikaners. Ich bin geübt darin. Spätestens, seit ich in meiner Theatergruppe den Sarottimohr spielen mußte. Der Taxifahrer spitzt angestrengt den Mund und konzentriert sich immer weniger auf den Verkehr. Zwanzig Kilometer weiter hole ich bereits die Perücke mit den schwarzen, glatten Haaren aus dem Karton und streife sie mir über. Daß ich nur einen Lorbeerkranz trage, erweist sich dabei als äußerst praktisch.

»Sie sehen aus wie Winnetou«, stellt der Taxifahrer fest, »wird das 'ne Indianernummer?

»Quatsch, Indianer. Sehen Sie nicht, daß ich Ägypter bin?«

»Ach, ja, natürlich, ägyptisch also.«

»Tragen Ägypter eigentlich Bärte?« Ich weiß es wirklich nicht.

Der Taxifahrer verzieht unwissend den Mund. Deutlich ist ihm auch die Frage anzusehen, wie man es einer Frau ägyptisch besorgt.

Ich entschließe mich zu einem barttragenden Ägypter und schmiere mir Mastixkleber um den Mund.

»Hat es was mit Kamelen zu tun?« stößt der Taxifahrer aufgeregt heraus.

»Denken Sie mal an die Pyramiden«, verrate ich ihm, »dann sind Sie schon recht nah dran.« Daran hat er eine Weile zu knabbern. Viel mehr als die Parallele zwischen der Bauart einer Pyramide und den anatomischen Besonderheiten einer Frau würde er zwar nicht herausarbeiten können, aber wenn es verhindert, pausenlos vollgequatscht zu werden, dann war das schon viel wert.

Anderthalb Stunden später sind wir in Berlin. Wir halten am ersten Blumenladen und ich hole mir einen Strauß feinster Baccara-Rosen, was den Fahrer vermuten läßt, daß ägyptisch etwas mit Fakiren zu tun haben muß. Wegen der Dornen.

Ich lasse das Taxi etwas abseits warten. Ich will meinen Rollenkoffer nicht mitnehmen, Michelle würde mich an ihm erkennen. Dann trete ich als ägyptischer Rosenverkäufer vor mein eigenes Haus und werde nervös. Was, wenn sich meine Befürchtungen als haltlos erweisen?

Meine Zweifel zerstreuen sich rasch. Der Kleinlaster eines Insektenvertreibers steht im Halteverbot vor der Tür. FRANCESCO CAPRISI – STAATL. GEPR. KAMMERJÄGER ist in großen Lettern auf die Seite gepinselt. Plötzlich wird mir die Tragweite meiner möglicherweise bevorstehenden Entdeckung bewußt. Mir wird schlecht. Ich habe noch nie einen Italiener getötet.

Während ich vor den Eingang trete, lasse ich mir den Text noch einmal durch den Kopf gehen. Was ich alles sagen will und vor allem, wie ich es sagen will. Auf die Idee, einen Ägypter zu mimen, war ich nicht grundlos gekommen. Soraya, die Freundin meiner Frau, ist zur Hälfte Ägypterin, und ihr habe ich den ägyptischen Tonfall abgelauscht. Eine gut verstellte Stimme ist wichtiger Bestandteil jeder Verkleidung, und erst, wenn sie zur Person paßt, ist die Verwandlung perfekt.

Ein letztes tiefes Durchatmen, dann klingele ich an meiner Tür.

Sie wird von einem Mann aufgerissen, der bis auf Boxershorts und italienischem Strohhut nichts anhat. »Sie wünschen?« fragt er frech. Er steht in meinem Haus und fragt mich, was ich wünsche.

»Wer ist da, Francesco?« höre ich von weiter hinten rufen. Der Italiener macht einen Schritt beiseite, und eine Frau, die ich nur allzugut kenne, schiebt sich in den Eingang: Soraya.

Ein schneller Blick auf das Klingelschild überzeugt mich, vor dem richtigen Haus zu stehen. Was hat Soraya bei uns zu suchen? Und was mache ich jetzt? Den Ägypter kann ich mir abschminken. Soraya würde es nicht glauben.

»Ich komme aus Schweden«, ist das einzige, was mir auf die Schnelle einfällt. Mein Tonfall ist dabei eine Mischung aus ägyptisch, deutsch und dem, was ich für schwedisch halte.

»Willkommen in Deutschland«, meint Soraya trocken, »Timmermanns sind nicht zu Hause. Die sind übrigens in Schweden.«

»Herrje«, ich stapfe enttäuscht mit dem Fuß auf den Boden, »da häve ick dock Pech gehabt, Smörrebröd, Smörrebröd. Ist denn wenigstens sin Fru da?«

»Ich sagte doch gerade, die sind in Schweden«, wiederholt Soraya eindringlich.

»Aber sin Fru ist dock nicht nach Schweden mitgefahren«, erwidere ich besserwisserisch.

»Doch«, Soraya klingt gereizt, »wenn ich es Ihnen sage. Sie ist nur zwei Stunden später gefahren als ihr Mann.«

Ich starre die beiden verwundert an. »Warum das denn?«

»Ich wüßte nicht, was Sie das angeht. Kommen Sie einfach in zwei, drei Tagen wieder. Guten Tag.« Soraya knallt mir die Tür vor der Nase zu, und Augenblicke später höre ich sie Quieken und ›komm, du wilder Stier‹ rufen. Ich bin irritiert. Ein halbnackter Italiener jagt meine Nachbarin durch meine

Wohnung, ich bin eigentlich in Schweden und meine Frau ist mir hinterhergefahren. Irgend etwas lief gewaltig aus dem Ruder. Ich hatte ihr von dem Hotel erzählt, in das ich abzusteigen gedachte; aus welchem Grund auch immer sie mir nachgefahren war – wenn sie mich dort nicht antraf, wenn sie dort noch nicht einmal eine Reservierung auf meinen Namen vorfand, dann war ich ihr eine Erklärung schuldig. Das war blöd. Frauen ziehen oftmals allzuschnell die falschen Schlüsse. Möglicherweise würde sie denken, ich betrüge sie.

Allerdings bin ich in einem Punkt im Vorteil: Michelle weiß nicht, daß ich von ihrem Schachzug weiß. Was auch immer sie vorhat, sie wähnt das Überraschungsmoment auf ihrer Seite. Wenn es mir gelingt, vor ihr in Stockholm zu sein, kann ich sie matt setzen. Mich überkommt eine Art Glücksgefühl. Viele aussichtslose Partien wurden durch gewagte Züge doch noch gewonnen, und ich bin gewiß keiner, der den König vorschnell aufgibt. Ich mache auf dem Absatz kehrt und haste zum Taxi zurück.

»Zum Flughafen, schnell«.

»Also, ich weiß nicht, ob ägyptisch was für mich wäre, wenn das so schnell geht.« Kopfschüttelnd startet der Fahrer den Motor. Ich überlege. Als Ägypter habe ich kaum Chancen, durch die Paßkontrolle am Flughafen zu kommen. »Stört es Sie, wenn ich mich auf der Fahrt abschminke?«

»Anschminken, abschminken, anschminken, abschminken. Ist mir wurscht, was Sie machen. Solange Sie nicht die Polster mit Ihrer Farbe beschmieren.« Wieder stellt er seinen Spiegel schräg und sieht mir zu, wie ich mir hastig Fettcreme aufs Gesicht streiche.

»Wo woll'n Se denn diesmal hin?«

»Nach Schweden«, antworte ich, auf meine Arbeit konzentriert. »Aber was ich da mache, darf ich Ihnen leider nicht genau sagen. Nur soviel: es hat mit meiner Frau zu tun.«

»Kommt jetzt die Elchnummer?«

Es ist kurz vor halb zehn, als wir auf das Flughafengelände fahren. Beim Bezahlen gibt mir der Fahrer seine Karte. »Falls Sie mal die Taxinummer machen wollen.« Ich bedanke mich für all die netten Fahrten und sprinte ins Gebäude.

Leider muß ich feststellen, daß der König mitunter zu einem Springer wird. Es gibt nur eine Möglichkeit, nach Schweden zu gelangen. Wegen der Vergabe der Nobelpreise ist die Direktanbindung vollständig ausgebucht. Was bleibt, ist Berlin-Kopenhagen-Malmö in der Businessklasse und von dort aus mit dem Zug nach Stockholm. Ein Rössel-Sprung, ein teurer obendrein. Dennoch stimme ich zu, bezahle mit meiner Kreditkarte und setze mich ins Flughafencafé. Dann fange ich an zu rechnen. Ungefähr zwei Stunden nach mir war Michelle gestartet. Die Zugverbindung, die zu nehmen ich vorgegeben hatte, führte über Malmö. Es stand außer Frage, daß meine Frau dieselbe nehmen würde. Die Möglichkeit, sie in Malmö zu treffen, war groß. Also bräuchte ich eine Erklärung für die Unterbrechung meiner Fahrt. Daß ich mir noch die Stadt angeguckt habe, könnte ich sagen, oder besser noch, daß ich natürlich gemerkt habe, daß sie mir folgen würde und ich ihr deshalb zur Überraschung aufgelauert hätte. Oder aber, und das war die aufregendste Variante, ich würde ihr Spiel mitspielen. Verkleidet, von ihr unerkannt, um sie im geeigneten Augenblick matt zu setzen.

Beim Flug über das Meer habe ich Zeit, über Michelles Beweggründe nachzudenken. Unter mir streben kleine weiße Schiffe dem Festland entgegen. In einem davon steckt sie womöglich. Was treibt einen Menschen zu solchem Aufwand? Immerhin ist löblich, daß nicht sie, sondern Soraya es ist, die fremdgeht. Ich hatte das Telefonat falsch interpretiert. Soraya brauchte ein Liebesnest, falls ihr Mann überraschend nach Hause käme. Er war zwar ein harmloser Oberhemdenverkäufer, hätte aber bestimmt trotzdem etwas dagegen, einen fremden Mann in seiner Frau stecken zu sehen. Das Michelle dem Vorschub leistete, war verwerflich, doch zu ihrer Entschuldigung muß ich sagen, daß es mich erregte, zu wissen, daß Soraya in unserem Bett gevögelt wurde.

Drei Stunden später stehe ich auf dem Malmöer Hauptbahnhof. Kurz vorher habe ich mich auf dem Bahnhofsklo in den Schwarzafrikaner zurückverwandelt. Der Zug nach Stockholm fährt ein, von Trelleborg kommend. Die Rosen haben den Flug im Koffer leidlich überstanden. Nun kann ich sie als Deckung nehmen. Mit der einen Hand halte ich sie mir vors Gesicht, mit der anderen rolle ich meinen Koffer hinter mir her. So mühe ich mich über die kleine Treppe in den Waggon hinein. Ein Zimbabwer mit Rosen und Samsonite-Rollenkoffer. Unauffällig halte ich durch die Blumen hindurch Ausschau nach meiner Frau. Als ich sie tatsächlich in der ersten Klasse entdecke, bleibe ich abrupt stehen. Meine Frau sieht mich nicht; sie plaudert gerade angeregt mit einem Italiener. Hinter mir schieben sich die nachfolgenden Reisenden langsam ineinander. Erst recht, als ich mit meinem Rollenkoffer auf dem Absatz kehrtmache. Doch man hat Verständnis dafür, daß ich als Afrikaner nicht so recht weiß, wo ich hinwill, zumindest hier in einem Erste-Klasse-Zug in Schweden; die gleiche Kehrtwendung in einem Regionalzug nach Wittstock hätte mich das Leben kosten können.

Wie ein Lachs wühle ich mich gegen den Strom zur zweiten Klasse zurück und lasse mich auf einen leeren Sitz fallen. Die Rosen wandern wieder in den Rollenkoffer. Ich schwitze. Vielleicht ist die Schminke diesmal besonders dick aufgetragen.

Ein mitleidiges Grinsen lenkt mich von meinem Schwitzen ab. Mir gegenüber sitzt ein Jute-statt-Plastik-Pärchen. »Ich Holger!« sagt der Mann lächelnd und zeigt mit allen Fingern auf sich. Irgendwo aus einem Wust von Rauschebart und Wildmähne blickt mich eine verschmierte Zwickelbrille an, deren Bügel mit Pflaster repariert wurden. Spindeldürre Arme staken wie Zahnstocher aus einer Teddypelzweste heraus. Ein Palästinensertuch hält den Rest zusammen.

»Und ich ... Brigitta«, erklärt nun auch die Frau neben ihm. Ihr wallendes Gewand erinnert mich fatalerweise an die Gardinen meiner Oma. Eine unheilvolle Welle der Sympathie rollt mir entgegen. »Und wie ist dein Name?« fordert Brigitta mich auf. Ich sage nichts, starre nur.

»Dein N-a-m-e.«, wiederholt Brigitta in einem Tonfall, mit dem man sich zuweilen mit Papageien unterhält.

Ich überlege, ob ein einfaches Grunzen ausreicht, drücke dann aber meine Hand gegen die Brust und antworte mit dunklem Ton: »Ich Motombo.«

Ein Strahlen geht über das Gesicht der beiden. Der erste Kontakt ist geschlossen. Der Wilde aus dem Busch hat die Botschaft verstanden und ist zur Kommunikation bereit. Motombo heißen die Schaumküsse, die meine Frau und ich so gerne vor dem Fernseher essen. Früher waren das schlichte Negerküsse, aber aus politischen Gründen wurden sie umbenannt, eine Weile in Farbigen-Küsse und irgendwann dann in Motombos.

»Motombo ist ein hübscher Name.« Brigitta spricht auch diese Worte breit und langsam aus. Ich lasse ein Grinsen über mein Gesicht laufen, um ihr zu zeigen, daß Motombo sich freut, einen hübschen Namen zu haben.

»Du Afrika?« fragt nun Holger, was mir allerdings ein Kopfschütteln abverlangt und mich leicht empört wiederholen läßt: »Ich Motombo.«

Sie lachen über mein kleines Mißgeschick. Brigitta beschreibt mit der Hand einen weiten Bogen: »Afrika«, sagte sie dabei, weist dann auf mich und macht mit der gleichen Hand eine Hin- und Herbewegung. Jetzt verstehe ich. »Zimbabwe! Ich Zimbabwe.«

»Ah, Zimbabwe«, wiederholt Brigitta und formt einen wesentlich kleineren Kreis mit den Händen, »wir«, sie zeigt auf sich, »wir Dresden.«

Es gongt und eine Durchsage begrüßt die Fahrgäste. Meiner Rolle gerecht werdend, blicke ich ängstlich nach oben.

»Er hat Angst«, flüstert Brigitta mitfühlend, »er kennt keine Lautsprecher.«

»Du brauchst nicht Angst haben«, fordert Holger mich auf, »das sind nur Lautsprecher, keine Geister.«

Weil ich mich aber nicht beruhigen lasse, versucht er mich abzulenken: »Wir mögen Ausländer.« Er deutet auf seinen ›ICH MAG AUSLÄNDER‹-Sticker, der das Gesicht eines Mannes zeigt, dem meinen nicht unähnlich. Wieder geht ein verstehendes Lächeln über mein Gesicht. »Aah, du Ausländer.«

»Nein, nein, nein.« Holger schüttelt gespielt tadelnd den Finger, »du Ausländer, wir Deutsche.«

Keine Ahnung, welcher Teufel mich plötzlich reitet. Einer Eingebung zufolge fange ich an, im besten Broken-Deutsch, *meine Geschichte* zu erzählen. Nämlich, daß ich aus einem Haus ausgerissen bin, wo ich als Sklave gehalten wurde. Ab und zu lasse ich ein Schluchzen ertönen. Brigitta und Holger kriechen immer dichter an mich heran.

»Hat man dich geschlagen?«

»Nicht geschlagen, ich sonst laut schreien, sie Angst. Aber sperren in Keller, bei Wasser und ... und ...«

»Brot?«

»Brot!«

»Was sie haben sonst noch gemacht?«

»Lesen Briefe von kranke Mama.«

»Sie haben die Briefe deiner kranken Mutter gelesen?«

»Gelesen und zerrissen. Weil ich nicht Mülleimer mit Zahnbürste putzte.«

»Oh, mein Gott.« Brigitta schlägt sich die Hände vor den Mund.

»Sklaverei«, fügt Holger entsetzt hinzu. »Was müssen das für Menschen sein?«

»Und dann ...«, wieder stocke ich.

»Was dann?« Mit offenen Mündern starren sie mich an. »Sag es uns, uns kannst du es erzählen. Wir mögen Ausländer.«

»Die Frau ..., Frau kommen nachts zu mir. Sie mir befehlen ...«

»Ja?«

»... Sex.«

»Nein!«

»Doch.«

»Abscheulich. Abgrundtief abscheulich!« stößt Holger hervor und lehnt sich zurück, während Brigitta nur ein »Oh« von sich gibt.

Ich lege verzweifelt die Hände vor das Gesicht. »Immer wieder. Die ganze Nacht ...« Zwischen den Fingern hindurch sehe ich die beiden an; an den beiden vorbei sehe ich plötzlich meine Frau in unsere Richtung kommen. Rasch greife ich nach der Zeitung, die in der Seitentasche meines Sitzes hängt, und halte sie mir vors Gesicht.

»Böse Frau«, stoße ich hervor, »böse Frau mich suchen.«

Holger und Brigitta drehen sich abrupt um und mustern Michelle mit einer Mischung aus Haß und Entsetzen. Sie geht an uns vorbei, ein Hauch des Parfüms hinter sich herziehend, das sie in unserer Jahre zurückliegenden Brunftzeit immer benutzte. Wie unvernünftig von ihr. Allein daran erkenne ich sie jederzeit. Michelle geht aufs Klo. Als sie nach zwanzig Minuten wieder herauskommt, hat sie statt der kurzen roten Haare lange blonde. Verdutzt sehe ich ihr nach. Es ist eindeutig Michelle. Ihr Duft, ihre Art zugehen, ihr schöner Hintern; wozu die Perücke?

Ein unheilvoller Gedanke, der mich plötzlich überkommt. Sollte möglich sein, daß Michelle mir nachspioniert? Daß sie zu der absurden Ansicht gekommen war, ich, ihr liebender Mann, könne sie betrügen? Wollte sie mir verkleidet auflauern? Holger und Brigitta sehen mich mitleidig an. »Wir beschützen dich.«

Wieder bin ich einen Schritt weiter als Michelle. Ich weiß, daß sie verkleidet ist, ich weiß, was sie vorhat. Ich weiß nur noch nicht, was ich mit diesem Wissen anfangen soll. Bis Stockholm bleibe ich auf meinem Platz sitzen, während Holger und Brigitta versuchen, mir das Sprechen beizubringen. Außerdem füttern sie mich mit Vollkornkeksen. Als Stockholm-Hauptbahnhof endlich erreicht ist, raffe ich meine Sachen zusammen und springe als einer der ersten hoch.

»Wo willst du hin?« ruft Brigitta aufgeregt, »warte, wir gehen mit dir zur Polizei.« Aber da bin ich schon im Gang. Hastig greifen die beiden ihre Sachen, um mir zu folgen, doch im Getümmel auf dem Perron hänge ich sie ab. Das Scandic Crown Hotel liegt nicht weit vom Hauptbahnhof entfernt. Ich muß vor Michelle dort sein, um ein Zimmer auf meinem Namen zu buchen.

Passanten, denen ich ein »Scandic Crown?« zuwerfe, weisen mir den Weg. Das Scandic Crown ist das einzige Hotel, von dessen Existenz ich hier in Stockholm weiß. Von einem Prospekt, den ich in einer von Michelles Frauenzeitschriften gefunden habe. Niemals wäre ich auf die Idee gekommen, hier abzusteigen. Zumal die großzügig geschnittene Lobby auf großzügig geschnittene Preise hindeutet.

»Do you have a room for one night?« stottere ich an der Rezeption.

Der livrierte Empfangschef schüttelt den Kopf. Also wiederhole ich meine Frage. »Please, do you have a room for one night?«

»I'm sorry. We are absolutely filled up. The nobel-price, you know!?«

»But I need a room for one night. It's a case of emergency.«

»But we have no rooms.«

»The price don't play a rolle. Maybe the presidenten-suite ...«

»Of course«, der Empfangschef macht eine beschwichtigende Handbewegung, »there is a possibility. The honeymoon-suite, not cheap, but very nice.«

»Yes! This I will take. Pleasly quick, äh, quickly please.«

Der Empfangschef nimmt ein Anmeldeformular hervor, schiebt den Kugelschreiber beiseite und fischt seinen Füller aus der Jacke. »Please, your name and your address, Sir.«

Während ich das Formular hastig ausfülle, murmelt er etwas von twothousendeighthundret Svenska Kroner including breakfast, aber das bekomme ich erst im Zimmer mit. Ein Page schnappt sich meinen Koffer, und als sich die Aufzugstür hinter uns schließt, sehe ich Michelle in die Empfangshalle treten.

Die Honeymoon-Suite besteht aus einem großen Schlafzimmer mit einem pompösen Himmelbett in der Mitte, einem riesigen Badezimmer einschließlich eingelassenem Whirl-Pool und mehreren Nebengelassen, die ich mir aber nicht ansehe, weil mir kurzfristig schwindlig wird, da ich mich an die letzten Worte des Empfangschefs erinnere. Wäre Michelle nicht so mißtrauisch, hätte ich mir eine Menge Geld sparen können.

Der Page geht, und ich versuche mich in ihre Lage zu versetzen. Wie sie unten an der Rezeption steht, nach meiner Zimmernummer fragt und sich womöglich unter falschem Namen ebenfalls einzuquartieren versucht. Welchen Zug wird sie als nächstes machen? Vor allem, wenn sie feststellt, daß das Hotel ausgebucht ist. Wird sie mir in der Lobby auflauern? Am besten ist, ich zeige mich dort, und zwar im Original.

Es ist das größte und luxuriöseste Badezimmer, das ich je gesehen habe. Der Spiegel reicht von Wand zu Wand; kein Vergleich mit meinem aufklappbaren Kofferspiegel. Zehn Minuten später bin ich wieder der gute alte Claudius Timmermann. Der Mann, von dem meine Frau meint, er wildere in fremden Betten. Ich werde sie beschämen und ihr stattdessen den Prototyp eines treusorgenden Ehemannes vorführen.

Als ich die Tür meiner Suite öffne, steht Michelle davor.

»Alles Gute zum Hochzeitstag!« Sie hält mir einen riesigen Blumenstrauß entgegen. Reaktionsschnell nehme ich beide in den Arm.

»Alles Gute auch dir, mein Schatz.«

»Du hast daran gedacht?«

»Aber Liebling ...« Ich lache und kann mir eine gewisse Überheblichkeit nicht verkneifen.

»Aber du bist verreist ...« Michelle drückt mich von sich weg und sieht mich zweifelnd an.

»Wir«, erkläre ich mit milder Stimme, »wir sind verreist. Ich bin dir nur vorausgefahren.«

»Du hast gewußt, daß ich nachkomme?«

»Wie lange sind wir jetzt verheiratet?« frage ich süffisant.

»15 Jahre ...«

»Genau. 15 Jahre, in denen ich Zeit hatte, dich durch und durch kennenzulernen. Glaub mir, ich weiß, was du denkst, was du fühlst, was du machen wirst.« Mit einer filmreifen Bewegung streiche ich ihr Haar hinter das Ohr. Richard Gere wäre stolz auf mich.

»Auch das mit deinen Haaren habe ich gewußt.«

»Tatsächlich? Es sollte eine Überraschung sein. Ich will dir heute Nacht die Schwedin machen.«

»Dann mache ich dir den Italiener.«

»Oh, Darling, woher weißt du ...?«

»Ich weiß alles über dich.«

»Alles weißt du nicht.« Michelle lächelt unheilvoll, löst sich und tritt an mir vorbei in den Raum. »Du hast die Flitterwochensuite gemietet?« Sie dreht sich mit ausgebreiteten Armen einmal um sich selbst, läßt dabei den Blumenstrauß auf den Boden gleiten und fällt dann rücklings aufs Bett. Julia Roberts wäre stolz auf sie. Ich kicke mit dem Hacken die Tür ins Schloß, streife mir das Jacket von der Schulter, komme mit leicht tänzelnder Bewegung auf sie zu und lege mich auf sie drauf.

Michelle schlingt ihre Arme um meinen Hals. »Wenn du einen hättest, wie würdest du ihn nennen, deinen Sohn?« fragt sie geheimnisvoll.

»Francesco, ich würde ihn Francesco nennen.«

»Oh, Liebling«, sie himmelt mich an, »dann wären wir endlich mal einer Meinung.«

»Ich weiß doch, wie sehr du dir schon immer einen kleinen Italiener gewünscht hast.« Ich drücke ihr einen sanften Kuß auf den Mund. »Und heute Nacht werde ich dir einen machen«, hauche ich.

»Hast du schon«, haucht sie zurück.

»Was?«

»Ich bin im zweiten Monat. Erinnerst du dich an den Abend mit dem miesen Fernsehprogramm?«

Baff stütze ich mich auf die Arme. »Wir werden zum zweiten Mal Eltern?«

»Und Cassie bekommt ein Brüderchen.«

»Ein Brüderchen? Aber du kannst doch jetzt noch nicht ...«

»Es ist anstrengender als bei Cassie. Folglich muß es ein Junge sein. Ein Francesco.«

»Ich habe es geahnt.«

Michelle schenkt mir einen Kuß. »Man kann einfach keine Geheimnisse vor dir haben. Komm, laß uns Liebe machen.«

»Warte.« Ich raffe mich auf. »Ich habe auch noch eine Überraschung für dich.« Ich sprinte ins Nebenzimmer. Dort liegt mein Koffer. In ihm liegen die Rosen. Etwas mitgenommen vielleicht, aber zu schade, um sie wegzuschmeißen. Ich schüttel die welken Blätter ab, greife zum Telefon und bestelle eine Flasche Sekt. Ich weiß, was Stil ist.

Als ich mit dem Strauß ins Schlafzimmer zurückkehre, klopft es an der Tür. Fix sind sie, diese Schweden.

Es sind tatsächlich welche. Allerdings uniformierte und von der Polizei. Sie reden schwedisch mit uns. Und wenngleich wir kein Schwedisch sprechen, verstehen wir, was sie von uns wollen. Zumal die beiden stabilsten von ihnen uns an Arm und Schulter gepackt aus dem Zimmer führen. Auf der Wache werden wir zusammen in eine Einzelzelle gesteckt.

»Nette Überraschung«, murmelt Michelle.

Nach einer halben Stunde kommt ein Dolmetscher. Menschenhandel und Freiheitsberaubung wirft man uns vor. Und Michelle Vergewaltigung, man habe die Aussagen zweier Zeugen. Nach dem Opfer, einem Neger, werde noch gefahndet. Michelle guckt mich an, als ob ich etwas dafür könnte und ich verspreche ihr, daß sich alles aufklären wird. Daß alles wieder gut wird. Doch sie glaubt mir nicht.

»Es sind übrigens erst 13.«

»13 was?«

»Jahre, die wir verheiratet sind. Nicht 15.«

Mir liegt auf der Zunge zu sagen, das hätte ich gewußt. Aber etwas rät mir, sie nicht noch mehr zu reizen. Im Gegenteil, ich habe das Gefühl, ich müßte mir etwas nettes einfallen lassen. Durch das vergitterte Oberlichtfenster fällt ein Sonnenstrahl in die Zelle. Michelle gestattet mir irgendwann, meinen Arm um sie zu legen.

»Naja«, seufzt sie, »welches Ehepaar verbringt seinen Hochzeitstag schon hinter schwedischen Gardinen.«

»Apropos Gardinen«, sage ich, »wenn wir nach Hause kommen ...«

Seemannsgarn

»Wirklich, Hannes, jetzt übertreibst du.«

Sie sind bei Hannes, um ihm die Post zu bringen. Postbote Süverkrüpp und dessen Enkel. Der stiert mit großen Augen zu Hannes hinüber, und Hannes lehnt sich genüßlich zurück und zieht noch genüßlicher an seiner qualmenden Pfeife.

Draußen klatscht die Ostsee gegen die aufgeschichteten Findlinge, die dem Leuchtturm als Fundament dienen und an denen sich die Wellen brechend teilen. Bei klarer Sicht kann man die Silhouette Kap Arkonas am Horizont sehen, doch jetzt stiebt die eisige Gischt gegen den Turm, daß es eine wahre Freude ist.

»Du übertreibst«, wiederholt Süverkrüpp, »Mensch, der Junge glaubt dir am Ende noch.«

»Aber es ist wahr«, beharrt Hannes, und sein dänisches Kraut taucht den Raum in süße Duftschwaden. »Bei Neptun, es ist wahr.«

»Der Leuchtturm hat sich wirklich zur Seite gebogen durch den Sturm?« fragt der Enkel atemlos. Kein Zweifel, er glaubt es wirklich.

»So wahr ich hier sitze!« Hannes läßt seine Faust auf den Tisch fallen. »Draußen stürmte es gewaltig, bald Windstärke 12, ein höllischer Nord-West. Ich hab schon in der Koje gelegen, als sich plötzlich alles zur Seite neigte. Ist natürlich 'ne dumme Sache, weil doch so das Leuchtfeuer nicht mehr zu sehen ist, um die Schiffe zu warnen.«

»Oh, ja«, der Junge reißt die Augen noch weiter auf, »und was haben Sie da gemacht?«

»Ich natürlich raus aus der Koje, Regenzeug und Südwester über, hab mir ein dickes Seil geschnappt, bin hoch zum Leuchtfeuer, hab das Seil aus dem Fenster geworfen und damit den Turm wieder zurückgezogen.«

Süverkrüpp verdreht die Augen. »Mensch, Hannes, du hast aber auch schon mal besser gesponnen. Wo hast du denn das Seil draußen festgemacht, an einem Wellenberg?«

»Na, an meiner Lore. Hab ich achtern verknotet und bin dann ein Stück rausgerudert. Schwielen hab ich mir gerudert.«

Zum Beweis hält er ihnen seine Handflächen hin. Tellergroß sind seine Hände und von Wind und Wetter wie Stiefelsohlen gegerbt. Solch mächtige Pranken hat der Junge noch nie gesehen. Ehrfürchtig starrt er sie an. Selbst im Licht der Petroleumleuchten ist zu erkennen, wie sich seine Nackenhaare aufstellen. Wenn jemand in der Lage ist, einen Leuchtturm geradezubiegen, dann nur ein Seebär mit solchen Händen.

»Mensch, Hannes.« Süverkrüpp schüttelt den Kopf. Der heiße Grog macht sich langsam auch bei ihm bemerkbar. ›Eigentlich dürfte der Junge so etwas noch gar nicht trinken‹ denkt er sich.

Aber weil ›eigentlich‹ ein Wort ist, auf das man immer ein ›aber‹ folgen lassen kann, hat er es ihm ausnahmsweise erlaubt. Außerdem paßt zu einem Schwätzchen mit einem Seebären auf einem Leuchtturm nichts so gut wie heißer Grog.

Das Licht der Petroleumlampe glitzert in den blankpolierten Messingbeschlägen der Bullaugen. Wie oft hat er mit Hannes hier schon gesessen und geklönschnackt. Süverkrüpp hat wohl die interessanteste Briefträgerroute, die ein Briefträger auf dieser Welt haben kann. Quer durch Hiddensee und ab und zu rüber zum Leuchtturm. Seit fünfzehn Jahren macht er das, und fünfzehn Jahre ist auch Hannes auf diesem Posten. Auf seinem Leuchtturm Eugen-Ost, hier draußen, inmitten der Schiffahrtsrouten nach Skandinavien, wo die Ostsee sich in die Mecklenburger Bucht und die Oderbucht teilt, einige Seemeilen vom Festland entfernt.

An Hannes verdient die Post nichts, das ist amtlich. Eine Mark zehn für einen Brief und achtzig Pfennige für eine Karte reichen bei weitem nicht aus, um das kleine Kü-Mo-Schiff zu unterhalten, mit dem Süverkrüpp von Kloster herübergetuckert kommt, wenn mal wieder Post für Hannes dabei ist. Aber die deutsche Post, bekanntlich eine der besten der Welt, scheut weder Mühen noch Kosten.

Und Süverkrüpp ist das natürlich recht. Jede Karte, jeder Brief, jedes Paket bedeuten einen netten Nachmittag auf dem Leuchtturm, einen heißen Grog und eine neue Geschichte von Hannes. Ach ja, und geröstete Kartoffelviertel. Wie jetzt, wo sie im Backofen schon fast goldgelb sind, noch in Schale und, bei Neptun, die besten gerösteten Kartoffelviertel zwischen Bornholm und Neufundland. Was für ein freudiges Ereignis also, wenn aus dem Postsack etwas für Hannes herausfällt. Und war lange Zeit nichts gekommen, dann griff Süverkrüpp auch schon mal selbst zum Stift und schickte dem alten Seebären eine Karte, die er ihm noch am gleichen Tag zustellte.

Hannes grinst über das ganze Gesicht. Zufrieden und wohlig blinzeln seine Augen, wie sie es stets tun und wahrscheinlich nie anders getan haben. Mächtig ist alles an ihm. Nicht nur seine Hände, wie gesagt, auch der Bart, die Stimme und überhaupt alles. Wenn er sich aufrichtet, ist er so groß wie ein Grizzly, und wenn er einem auf die Schulter schlägt, glaubt man von einem Schiff gerammt zu werden. Hannes hatte sein Kapitänspatent noch auf einer Fünfmastbark gemacht, und weil es jetzt keine Segelschiffe mehr gibt, hatte er auf diesem Leuchtturm angeheuert, sponn sein Garn und warnte die anderen Kapitäne auf den neumodischen Containerschiffen, damit sie sich nicht die Nase stießen an den Felsen, auf denen der Leuchtturm stand.

Süverkrüpp hat manchmal das Gefühl, dieser Leuchtturm warnt vor sich selbst. Als wären die Steine nur aufgeschichtet worden, um einen Leuchtturm draufzustellen, der die Schiffe mit seinem Feuer steuerbord und backbord an sich vorbeiführt. Vielleicht existiert der Turm auch nur, um alten Seebären ein Seemannsheim zu geben. Denn wahrlich: Schöner kann es wohl nirgends sein. Ganz aus Schwedenstahl trotzt er Wind und Wetter und birgt eine Gemütlichkeit mit Eisenstufen, Mahagoniholz und blinkendem Messing. Es gibt eine Offiziers-Messe einen Stock unter dem Leuchtfeuer, etwas tiefer sind Kombüse und Vorratsraum, ein klitzekleines Klo und eine Dusche, die funktioniert, wenn es vorher geregnet hat, eine Schlafkammer und ein Kartenraum mit Funkgerät und Wetterstation.

Im Vorratsraum lagern Lebensmittel für zwei Wochen – Kartoffeln, Mehl, Eier, Wasser, Brot, Schinken und was man noch so braucht, um auf einem Leuchtturm zu leben.

»Die Kartoffeln sind gut.« Hannes legt seine Pfeife in den Ständer zurück. Dann entwickelt er sich zur vollen Größe und dreht sich dem Backofen zu. Die Kartoffeln zischen, als er sie auf dem Blech herausholt und mit Kümmeln und grobem Salz bestreut. Er stellt das dampfende Blech auf den massiven Holztisch, der wohl schon viele solcher Prozeduren über sich ergehen lassen mußte. Ohne zu fragen, schenkt Hannes auch noch vom Grog nach. Was Wangen rot macht, kann nicht verkehrt sein.

»Wenn du meinst, nur du kannst solche Geschichten erzählen, dann irrst du dich.« Süverkrüpp fängt jetzt genauso an zu grinsen wie Hannes. Er stößt seinem Enkel in die Rippen: »Los, erzähl mal deine Geschichte.«

Der Junge ziert sich ein wenig.

»Ist doch nicht so wild, Süverkrüpp«, versucht er sich herauszuwinden.

»Ach was, das reicht mindestens an Hannes' Geschichte mit dem Mariannengraben heran.«

»Mit dem Mariannengraben?«

»Jo«, fährt Hannes angesteckt dazwischen, »hab ich echt gebracht, zwei Monate lang, bevor ich hierherkam.«

»Ja, er hat den Mariannengraben bewacht«, ergänzt Süverkrüpp lachend.

»Jo, hab ich, damit keine Schiffe hineinstürzen konnten. Ist ja auch tausende von Metern tief.«

Der Junge zieht erfurchtsvoll die Luft ein. »Also, ich weiß nicht. Ob ich da noch von meiner Geschichte erzählen soll? Hat mir ja sowieso keiner geglaubt.«

»Macht doch nichts«, winkt Süverkrüpp ab, »also Hannes, das war auch so 'n Ding. Vorher mußt du aber wissen, wie der Junge heißt. Und zwar Mauer mit Nachnamen. Seine Eltern heißen Elfriede und Sigurd Mauer. Und jetzt rat mal, wie sie den Jungen genannt haben?«

Hannes hat sich ein Kartoffelviertel in den Mund gesteckt. Seine Augen werden ganz kleine Knöpfe, so angestrengt denkt er jetzt nach. »Keine Ahnung, wie der Junge heißen könnte.«

»Stell dir vor, Hannes, sie haben ihn doch tatsächlich Kai genannt.«

»Kaimauer«, brummelt Hannes verblüfft.

»Kai kommt aus Hövelhof. Meine Tochter hatte das feuchte Wetter satt. Hövelhof ist ein Nest irgendwo im Münsterland. Kennt kein Mensch. Und was denkt Kai? Mit dem Namen, denkt er, kannst du doch bloß zur Seefahrt gehen. Weil es aber keine Seefahrt gibt in Hövelhof, geht er zur Luftfahrt. Macht 'ne Ausbildung als Fluglotse in Bremen.«

»Aber in Bremen gibt es doch Seefahrt«, wirft Hannes ein.

»Hat er aber nicht gewußt. Ist ja nie rausgekommen aus seinem Dorf. Also, Kai geht nach Bremen und lernt Fluglotse. Und jetzt erzähl mal, Kai, was haste da erlebt?«

»Das glaubt mir doch kein Mensch.«

»Ist doch egal, erzähl es einfach.«

Kai rückt sich auf seinem Stuhl zurecht und Hannes schiebt sich noch ein Kartoffelviertel in den Mund. »Jo, erzähl einfach.«

»Also gut. Ich stehe da im Turm, ist aber kein Leuchtturm wie hier, sondern ein Tower auf dem Flughafen. Ich stehe da also und schaue durchs Fernglas. Und nach einer Weile, wie ich da so stehe, seh ich doch plötzlich ein Schwein anfliegen.«

»Ein Schwein?« Hannes verliert fast den Bissen aus dem Mund.

»Ja, tatsächlich, da kommt ein Schwein angeflogen.«

Süverkrüpp lehnt sich zurück und schlürft an seinem Grog. Freut sich, daß sein Enkel eine Geschichte erzählt, die den alten Hannes fast umhaut. Freut sich, als wäre es seine eigene Geschichte.

Kai kommt langsam in Fahrt. »Das Schwein spricht uns an, über Funk. Fragt, ob es landen darf. Als wäre es ein Flugzeug.«

»Wow«, macht Hannes, oder so ähnlich.

»Dann landet das Schwein, und nach 'ner kurzen Weile fliegt es wieder weg. Wie ein Flieger.«

»Das ist doch noch nicht alles«, fordert Süverkrüpp ihn auf.

»Ja, genau. Wie es denn weg ist und wir alle ratlos rumgestanden sind, da schau ich doch weiter durchs Fernglas und sehe ...«

Hannes hört auf zu kauen.

»... da kommt ein Pinguin geflogen.«

Der alte Seebär ist tief beeindruckt. »Da soll mich doch einer mal kielholen. Ich bin schon auf allen Meeren gefahren und in allen Ländern gewesen, aber nie habe ich auch nur ein Schwein oder einen Pinguin fliegen sehen.«

»Siehste, Hannes«, freut sich Süverkrüpp, »sogar du kannst noch etwas lernen.«

Hannes kratzt sich seinen Wuschelkopf. »Mann, da werd ich doch mal die beiden Pinguine fragen, die ab und an bei mir Tee trinken kommen, ob sie fliegen können.«

»Sie kriegen Besuch von Pinguinen?« Kai Mauer ist baff.

»Jo, kommen ab und zu vorbeigerudert in ihrem alten Holzkahn, und dann trinken wir einen schönen Tee und essen Butterkekse.«

Süverkrüpp läßt sich resignierend in seinen Stuhl zurückfallen. »Das gibt es doch nicht, Hannes. Kannste mir nicht wenigstens die Pinguine lassen?«

»Wenn es doch aber so ist? Sie kommen seit mehreren Jahren. Vielleicht ein- oder zweimal im Monat. Und immer trinken wir Tee mit Zitrone und essen Butterkekse.«

»Und warum habe ich sie nie gesehen? Immerhin komme ich fast einmal die Woche.«

»Was weiß ich? Zufall vielleicht.«

»Können Pinguine nicht schwimmen?« fragt Kai dazwischen.

»Schon«, brummt Hannes, »aber die beiden wollen nicht schwimmen. Wegen ihrem Rheuma.«

»Nimm dir was von den Kartoffeln, Kai«, Süverstrüpp lacht wieder, »gegen Hannes hast du keine Chance. Der hat weißgott mehr gesehen in seinem Leben, als irgendein anderer von uns. Nimm dir ein paar Kartoffeln, bevor sie alle sind und du nur Grog im Bauch hast.«

Dann sitzen sie noch eine Weile beisammen. Essen und trinken und klönschnacken, wie sie das immer getan haben.

»So, jetzt müssen wir aber los«, sagt irgendwann Süverkrüpp, »hab Dank für das Essen, Hannes, und laß dir die Zeit nicht lang werden.«

»Jo, kein Thema. Hab Dank für die Karte aus Kapstadt. Ist von Schorsch. Hat auf einem australischen Kutter angeheuert und läßt es sich ein paar Tage gutgehen am Kap. Und wenn du das nächste Mal rüberkommst, dann bring mir bitte mein Unterwasserfernglas wieder mit.«

»Unterwasserfernglas?« fragt Kai verblüfft.

»Brauch ich, um Fische zu beobachten.«

»Ich werde dran denken«, Süverkrüpp schlägt sich auf den satten Bauch, »komm jetzt, Junge. Olga wartet bestimmt schon.«

Sie klettern die Wendeltreppe hinunter. Klong, klong, klong, hallt es metallisch durch den Turm. Die Treppe führt an der Kombüse vorbei, an Hannes' Schlafkoje, dem Seemannsgarnraum, der Funkerstube und dem Vorratskeller.

Dann treten sie aus der Tür hinaus auf die Plattform. Ihr kleiner Kutter, die ›svenska troll‹, schaukelt auf den Wellen und gibt Hannes' ›Lore‹ ab und an einen kleinen Stubs mit ihrer autoreifenbehängten Seitenwand.

»Grüß mir die Olga«, ruft Hannes den beiden hinterher, als sie in ihren Kutter klettern. Er ist oben stehengeblieben auf der Plattform, die Pfeife im Mund, Wollmütze auf dem Kopf, den dicken Schal um den Hals geschwungen und die Hände in den Taschen.

»Mach ich, Hannes. Bis bald.«

Mit brabbelndem Motor entfernen sie sich von Eugen-Ost und Hannes schaut ihnen nach, bis sie hinter den Wellenbergen verschwunden sind.

Wind ist aufgekommen. »Da soll mich doch einer kielholen, wenn das nicht noch ein nettes Stürmchen gibt heute Nacht«, brummelt er und steigt zurück in seinen Turm.

So schnell wie die Sicht sich verschlechtert, ist es an der Zeit, das Leuchtfeuer zu starten. Hannes klettert hinauf in den gläsernen Raum, wo der riesige Scheinwerfer auf seinen allabendlichen Einsatz wartet. Er legt den dicken Schalter herum und der Generator tief unten im Turm fängt leise an zu brummen. Schwerfällig setzt sich der große Leuchtkörper in Bewegung. Es wird eine Weile dauern, bis das Licht seine volle Stärke erreicht hat, bis der helle Schein sich durch Nacht und Nebel schneidet. Warnend und beruhigend zugleich. Als wolle er sagen: Schaut her, Ihr seid nicht allein dort draußen, ihr Seefahrer. Ich, Eugen-Ost, bin bei euch. Ich bin den Fahrenden ein Leitstrahl und den Schiffbrüchigen ein Licht am Ende des Tunnels.

Mit dem Überwasserfernglas sucht Hannes dann das Meer ab. Am Horizont zeichnen sich die Silhouetten der Dampfer ab. Manche ziehen ihren Weg weit weg von ihm mit unbekanntem Ziel. Manche aber werden auch in seine Richtung fahren.

Vielleicht der dort, in Höhe Marielyst, ja, der vielleicht, der könnte sein Feuer kreuzen. Ist vielleicht ein Frachter mit Bananen aus Ecuador oder mit Tee aus Bolivien. Wer weiß. Und wenn er kommt, dann hat Hannes wieder jemanden zum klönschnacken. Wenigstens für die Zeit, die der Frachter vorüberzieht auf seinem Weg nach Rostock oder Saßnitz. Und erzählt wird immer was. Die Funker, die gelangweilt vor ihren Kisten sitzen, freuen sich über jede Abwechslung. Vielleicht haben sie ja auch eine Nachricht für ihn. Aufgefangen irgendwo da draußen auf den Weltmeeren von einem anderen vorbeiziehenden Schiff. Vielleicht von Schorsch. Vielleicht von Kapitän Lennart aus dem indischen Ozean. Vielleicht von Sergej, diesem russischen Teufel, der in der Takellage mit geschlossenen Augen umherlaufen konnte, als wäre er in seinem Wohnzimmer in Kiew.

Schwermütig wandert Hannes' Blick über den Horizont. Mächtig türmen sich Sturmwolken übereinander, jagen einander mit schneidigem Grimm in immer neuen Schwarzschattierungen. Übermütige Söhne des Neptun, die im Spiel mit Licht und Schatten ihrer Kraft freien Lauf lassen. Seid gegrüßt, ihr Himmelsgewaltigen, tobt euch aus, doch laßt den Seefahrern immer eine Handbreit Wasser unter dem Kiel und eine trockene Planke unter den Füßen. War 'ne schöne Zeit da draußen.

Gerade als er das Fernglas wieder absetzen will, bemerkt er es. Heiliger Klabautermann, was war das? Das, was er für einen Moment gesehen hat, kann es nicht sein. Nicht hier draußen. Und doch – da ist es wieder.

»Da soll mich einer mal kielholen.« Mehr fällt ihm dazu nicht ein. Sein Blick fixiert die Stelle. Und wieder sieht er es, und er traut seinen Augen nicht. Der fliegende Holländer, ja, der wäre etwas, was er hier eher vermutete. Aber das da?

Doch ununterbrochen taucht das kleine Tretboot zwischen den Wellen auf. Eine Nußschale. Eine Tretnußschale mit zwei Leuten drin. Hier draußen.

Hannes poltert die Wendeltreppe hinunter. Plong, plong, plong. Dann steht er an der Reeling auf der kleinen Plattform, starrt angestrengt in die Gischt. Da ist es wieder. Und schon so dicht, daß er es mit bloßen Augen sehen kann. Die See schiebt es mit Macht in seine Richtung. Dann hört er die Rufe der beiden Passagiere. »Hallo! Hey! Hier sind wir!«

Und dann sind sie heran. Ein junger Mann und eine junge Frau. Trotz des widrigen Wetters mit nicht mehr bekleidet als leichten Sommersachen. Ein heller Leinenanzug und ein geblümtes Kleid. Die Frau winkt mit ihrem Hut, dessen bunte Bänder kräftig im Wind zuckeln.

Als das Boot von der Strömung gegen den Poller gedrückt wird, erhebt sich der Mann wacklig von seinem Sitz.

»Verzeihen Sie bitte die Störung«, brüllt er gegen den Sturm, »können Sie uns wohl sagen, wo wir uns hier befinden? Wir haben uns womöglich verfahren.« Als wäre er auf einem Sonntagsausflug.

Hannes kratzt sich seinen Wuschelkopf: »Da soll mich doch einer mal kielholen.«

»Vielleicht sollten wir uns erst einmal vorstellen«, ruft da die Frau ihrem Begleiter zu.

»Richtig«, der Mann nimmt jetzt auch seinen Hut ab, »mein Name ist Joshua Apfelbaum, und das hier ist meine Gefährtin Helena. Wir sind auf dem Weg nach Graal-Müritz.«

»Graal-Müritz?« Hannes traut nun auch seinen Ohren nicht mehr.

»Ja, Ostseebad Graal-Müritz. Wir haben das Tretboot nur geliehen. Man wird uns schon zurückerwarten.«

»Ihr wollt mit dem Tretboot nach Graal-Müritz? Das ist kurz vor Rostock. Niemals werdet ihr es bis dahin schaffen.«

»Aber wir müssen es schaffen.« Der Junge wirkt auf einmal unsicher, vielleicht sogar verzweifelt.

»Bei allen Weltmeeren«, dröhnt Hannes, »ich habe ja schon viel gehört, aber etwas hanebücheneres als dieses ist mir noch nicht untergekommen. Ich weiß zwar nicht, wer ihr seid und wie ihr es mit dieser Nußschale hierhergeschafft habt, aber eher landet mir ein Albatros auf dem Kopf, als daß ihr die Küste lebend erreicht.«

Die junge Frau ist nun auch aufgestanden. Ängstlich greift sie nach der Hand des Mannes.

»Joshua, er hat recht. Wir haben einen langen Weg hinter uns und sind müde. Wir sollten es nicht versuchen.«

»Aber, Liebling, wer weiß, wieviel Zeit uns noch bleibt. Wir sollten uns beeilen.«

»Nichts da!« Hannes hat seine Fassung wiedergewonnen. »Kraft meines Amtes untersage ich euch die Weiterreise. Wir werden schwere See kriegen, vertäut das Boot und kommt zu mir in den Leuchtturm, dann sehen wir weiter.«

»Wir wollen Ihnen wirklich nicht zur Last fallen«, winkt der Junge erschrocken ab. Welch ein Bild die beiden doch bieten. Wie alt mögen sie sein? Zwanzig? Oder jünger? Bei allen Weltmeeren – was mochte sie nur bewogen haben, so weit hinauszuschippern mit diesem winzigen Kahn. Nicht auch nur den Hauch einer Chance würde das Meer ihnen lassen, dessen Wellenberge bereits kleine Schaumkronen zieren; mit krausen Wellentälern wie zerknittertes Schokoladenpapier. Sie sind ein Spiegelbild der Wolken, die sich vom Westen her in atemberaubende Höhen auftürmen.

»Werft die Bugleine herüber«, befiehlt Hannes.

Der Junge wirft sie ihm zu und der alte Seebär vertäut das kleine Boot mit einem Palstek und einigen Halbschlägen an dem schweren Eisenring, der im Stein verankert ist. Dann reicht er seine Hand der jungen Frau, die sie ergreift, um auf die Treppe überzusteigen. Hannes erschrickt über die Kälte ihrer zarten Hand. Kein Wunder bei diesem Wetter und dieser Gischt. Dann hilft er auch dem Jungen hinüber, und nicht weniger kalt und zitternd läßt der sich auf die Plattform ziehen.

»Folgt mir nach oben«, sagt Hannes, der jetzt wieder Kapitän ist und dem plötzlich Erinnerungen durch den Kopf schießen. Bei allen Weltmeeren, bei Neptun und den Freibeutern des indischen Ozeans – wenn sein alter Leuchtturm diesen beiden nicht das Leben gerettet hat, dann soll ihn ruhig jemand kielholen.

»Mann, Mann, Mann«, brummelt Hannes in seinen Bart hinein. Plong, plong, plong, antworten die Eisenstufen. Die beiden Schiffbrüchigen sagen nichts. Folgen dem Kapitän ins Wohnzimmer, dessen Wärme sie mit beschützenden Armen umschließt. ›Was für ein Leichtsinn‹, denkt er, ›bei diesem Wetter mit einem Tretboot in See zu stechen.‹ Sie würden hierbleiben müssen heute nacht. Morgen würde er Süverkrüpp anrufen, um die beiden abholen zu lassen.

Etwas muß Hannes trotzdem in sich hineinlachen. Das würde ihm wieder keiner glauben. Seemannsgarn, würden sie sagen. Ausgedacht in den vielen einsamen Stunden und nach zuviel Grog hier auf dem Leuchtturm. Ein Tretboot in Not mitten auf See. Und doch ist es tatsächlich wahr. Wie übrigens auch die Geschichte mit den beiden Pinguinen, die ab und zu zum Tee kommen. Aber das glaubt ihm ja auch keiner.

Hannes läßt die beiden Platz nehmen auf der kleinen Bank am Tisch. Bringt ihnen ein paar Decken, in die sie sich hineinmummeln. Wie zwei verängstigte Lemmige schauen sie daraus hervor. Irgend etwas seltsames ist mit ihnen, aber Hannes weiß nicht was. Wie jung sie beide noch sind. Das Mädchen hat braune Augen und langes braunes Haar, das zum Anfang der Reise wohl glatt gewesen sein muß. Jetzt aber ist es strähnig. Vom Salzwasser und von Wind und Wetter. Ihr Kleid und der Anzug des jungen Mannes sind zerknittert, als hätten sie jahrelang in ihnen gesteckt. Oder als hätten sie ihre Sachen aus irgendeinem Theaterfundus geliehen.

Hannes hat ein paar Kartoffeln aus der Lade genommen und schneidet sie in Viertel. Vielleicht haben sie Hunger – ach, Quatsch, natürlich haben sie Hunger.

»Habt euch wohl zu weit rausgewagt«, sagt er über die Schulter, doch sie geben keine Antwort. Es mag jetzt vielleicht der Schock nachkommen. Besonders, als die See hörbar anfängt, gegen den Turm zu schlagen. Nicht auszudenken, wenn sie jetzt noch da draußen wären. Hannes greift sich das große dickbauchige Glas aus dem Regal. Grog wird nicht reichen, sie zu wärmen. Er gießt Punsch in den Kochtopf und stellt ihn über die Flamme. Sollt mal sehen, wie das eure Lebensgeister wieder weckt.

Und dann, als sie begierig den heißen Punsch in sich hineinschlürfen, als Zimt und Koriandergeruch sich mit den Schwaden der gebackenen Kartoffeln vermischen und Sturmesgewalt eisig hinter warmen Bullaugen pfeift, da fängt der Junge an zu erzählen. Und Hannes, der die Weltmeere kennt, der die absonderlichsten Geschichten erlebt hat, sich mit so manch seltsamen Gesellen herumgeschlagen hat, dessen Leben im steten Verlieren und Wiederfinden zwischen Phantasie und Realität balanciert, dieser Hannes verliert die Worte.

»Eigentlich wollten wir heiraten«, sagt der Junge und drückt Helenas Hand. Die sieht ihn lächelnd an.

Hannes, der nicht versteht, was das mit dem Tretboot zu tun hat, zieht nur die Augenbrauen hoch. Na und, scheinen die Brauen zu fragen, deshalb muß man doch nicht mit einem Tretboot aufs offenen Meer hinaus.

»Aber wir können ja nicht heiraten.« Ein träumender Blick begleitet dieses Seufzen.

›Nun gut‹, denkt Hannes, ›eine dieser kleinen Liebesdramen, wo die Eltern etwas Besseres für ihre Tochter wollen oder der Meinung sind, sie wäre noch zu jung.‹

»Und da seid ihr aus Trotz aufs Meer hinaus, damit sich eure Eltern Sorgen machen. Das habt ihr mit Sicherheit auch erreicht.«

Draußen hat der Sturm zugenommen. Der Tretbootvermieter in Graal-Müritz würde jetzt eins und eins zusammenzählen können und wissen, daß er auf das letzte Tretboot nicht mehr zu warten brauchte. Eigentlich komisch, daß über Kanal 16 noch kein Rundspruch gekommen ist. Das Wetter an der Küste konnte nicht anders sein als hier. Wenn der Vermieter keine Seenotmeldung durchgibt, dann wird Hannes ihn kielholen, das ist amtlich.

»Ich werde die Küstenfunkstelle anrufen und durchgeben, daß ihr bei mir in Sicherheit seid. Nicht, daß sie noch eine Suchaktion starten.«

»Oh, bitte, nein«, ruft das Mädchen und springt auf, »Sie brauchen niemandem Bescheid zu sagen, wirklich nicht.«

»Sie sind doch hinter uns her, wir mußten fliehen«, sagt nun auch der Junge eindringlich, »bitte, verraten Sie uns nicht.«

Hannes ist irritiert. Bei allen Weltmeeren, was geht hier vor?

Nun gut, das mit der Küstenfunkstelle hatte noch Zeit. Solange von denen kein Notruf kam, wüßten die das auch noch nicht. Er setzt sich wieder in seinem Kapitänssessel zurecht. Die Kartoffeln hat er in den Ofen gepackt. Sie werden eine Weile brauchen. Warum also nicht zuhören bei dieser Geschichte? Es konnte ja nur spannender werden.

Der Junge fängt wieder an.

»Sie wollen nicht, daß wir heiraten.«

»Wer?« fragt Hannes.

»Nun, alle eigentlich. Um genau zu sein, es ist sogar verboten.«

»Verboten? Weil ihr zu jung seid oder was?«

»Nein, nicht deshalb. Es ist eine Rassenfrage.«

»Eine Rassenfrage?« Hannes findet plötzlich, daß er selbst immer noch die besten Geschichten erzählen kann.

»Verstehen Sie nicht? Ich bin Jude.«

Wie ein mächtiger Keulenschlag trifft dieser Satz Hannes. Er war ja nun schon lange nicht mehr auf dem Festland gewesen. Sicher, das Radio berichtete zuweilen von Greueltaten, davon, daß die Dummheit schwerer zu bekämpfen ist als die Pest.

Doch schwer zu glauben, daß der Faschismus zurückgekehrt ist. Zu viele offene Augen, die es doch mittlerweile in der Welt gibt, und auch, gepriesen sei Neptun, einige offene Münder mehr, die sich nicht verbieten lassen.

»Mein Junge«, sagt Hannes, »die Zeiten, in denen eine deutsche Frau und ein jüdischer Mann nicht heiraten durften, sind lange vorbei.«

Die beiden schweigen, als wüßten sie es besser.

Langsam dämmert es in Hannes. Eigentlich peinlich für ihn, daß es nicht schneller geht. Er, der mit Pinguinen Tee trinkt, der einer der wenigen Seeleute ist, die König Neptun persönlich gesehen haben, er, Hannes der Seemann, brauchte nun so lange, um auf eine simple Wahrheit zu stoßen. Nur weil sie mit normalem Verständnis nicht zu erfassen war. Fast, als wäre er ein Landei und kein Kapitän einer Fünfmastbark. Bei allen Weltmeeren, die Wahrheit besteht doch aus weit mehr als nur dem Erklärlichen und Bekannten. Joshua und Helena kamen aus düsterster deutscher Vergangenheit. Unschwer nur zu verstehen, was damals passiert sein mußte. Vielleicht flüchteten sie vor den Schergen der Dummheit auf die See. Vielleicht zogen sie auch den nassen Tod vor, anstatt ein Leben in ewiger Trennung zu führen. Welche Liebe steckte in ihnen, die das ermöglichte.

Das alles mußte sich vor über fünfzig Jahren ereignet haben, und seither irren sie als Geister über das Meer. Das war ihr Geheimnis, ihr Schicksal. Das sich verriet in ihrer Kleidung, die wohl getragen wurde, als man noch entlang der alten Ostseebäder flanieren konnte. Der Faschismus, der Krieg und all die Dummheit hatten Elend und Zerstörung über die Welt gebracht, doch selbst die größte Gewalt hatte die Liebe dieser beiden nicht beenden können. Letztendlich hatten Joshua und Helena gesiegt über ihre Widersacher.

»Bei Neptun«, flüstert nun Hannes ergriffen, »wenn ihr Gäste des Meeres seid, dann seid ihr auch meine Gäste.« Er nimmt ihre Hände, »ihr wolltet heiraten, wollt ihr es noch immer?«

Ein Leuchten geht durch ihre Augen: »Oh, ja, nichts wollen wir mehr als dies. Deshalb müssen wir zurück ans Land. Irgendein Pfarrer wird sich unserer erbarmen.«

»Ich weiß nicht, ob das so gut wäre«, winkt Hannes ab«, die Kirche ist eine der Ungläubigsten, wenn sie den Verlauf der Dinge nicht selbst bestimmen kann. Sie glaubt nur an ihre eigenen Geister.«

»Doch ist es unser größter Wunsch«, sagt der Junge verzweifelt, »wir müssen es versuchen.«

Da erhebt sich Hannes zu voller Statur. Wie ein Grizzly. Mit Pranken, so kräftig wie Schiffsdielen, und einem Kreuz mächtig wie ein Besanbaum. »Ich bin Hannes Söderbohm, Kapitän zur See. Mein Wort ist Gesetz hier draußen, und Kraft meines Amtes werde ich euch heute noch trauen. Ich glaube an euch!«

Und so geschieht es. Hoch oben im Turm, unter dem drehenden Leuchtfeuer, wo der Blick über alle Himmel geht, gleich in welchen Richtungen sie auch liegen, kommen die drei zusammen. Hannes hat zwei Unterlegscheiben plattgehämmert, und sind es auch nicht die schönsten Hochzeitsringe, so doch zumindest die wertvollsten. Kraft seines Amtes vermählt Hannes die beiden, und, beim Klabautermann, Neptun persönlich sieht ihnen dabei zu.

Und als sich die beiden das Ja-Wort geben, schweigt das Meer.

»So seid ihr jetzt Mann und Frau in guten und in schlechten Zeiten ...«, sagt Hannes, »... und bis in alle Ewigkeit.«

Dann küssen sie sich, und Hannes denkt, er müsse mal das Dach seines Leuchtturms reparieren, denn irgendwie tropft ihm der Regen genau ins Auge.

Noch stundenlang schlägt das Meer seinen Applaus gegen die Findlinge, auf denen Eugen-Ost steht. Hannes und das junge

Brautpaar sitzen in der Messe zusammen und feiern die Hochzeit mit Punsch, gerösteten Kartoffelvierteln und Butterkeksen. Als der Punsch ein paarmal seine Runde gemacht hat, fängt der alte Seebär wieder an, Geschichten zu erzählen. Er erzählt von den Eiswürfelminen auf Grönland und wie er persönlich mitgeholfen hat, Feuerland zu löschen. Wie er mit Kapitän Lennart ein Stahlseil zwischen Amerika und Europa spannte, um der Kontinentaldrift entgegenzuwirken, und daß er im Hafen von Casablanca mal Anker warf und am nächsten Morgen vor Kalkutta lag, weil die Ankerkette sich um ein U-Boot gewickelt hatte.

Und er erzählt, daß er jemanden kennt, der mit eigenen Augen Schweine und Pinguine hat fliegen sehen.

Als sie alle müde sind, die Augen glasig und die Wangen rot, da überläßt er ihnen seine Koje und geht ganz tief hinunter in den Maschinenraum, um dort zu schlafen. Und früh am Morgen wird das Meer wieder ruhig. ›Alles Gute für euch, und kommt mal wieder vorbei‹, denkt er ihnen hinterher, und tatsächlich: als er sich reckend und streckend in den neuen Tag begibt, da ist das Boot verschwunden und die See liegt glatt wie ein Spiegel vor ihm. So, als hätte es das alles nie gegeben.

›Bei allen Weltmeeren‹, brummelt Hannes in sich hinein, ›wenn sie jetzt glücklicher sind, dann ist es ein gutes Werk gewesen und Neptun wird es mir lohnen.‹

Und so früh es auch ist; wie ein kleiner Taifun rauscht mit lautem Tuten Süverkrüpps Postkutter heran. Daß er seine ›svenska troll‹ im Höllenritt über das Meer jagt, sieht man schon von weitem. Der Schornstein dampft, als hätte der kleine Kutter die doppelte Kohlenration im Kessel. Süverkrüpp steht am Ruder und fuchtelt mit den Armen durch die Luft. Er hat irgend etwas in der Hand, das er hin und her schwenkt. Und rufen tut er, als wäre er Fischverkäufer in Amsterdam. Dann ist er heran.

»Jetzt bin ich mal dran«, brüllt er voll Überschwang, »endlich habe ich auch eine Geschichte zu erzählen. Und diesmal kannst du mir nicht dreinreden.«

Wagemutig dätscht er an den Poller, so daß die Autoreifen zusammengedrückt werden, als würden sie zu Briefmarken gestanzt. Und mit einem Satz hüpft der alte Süverkrüpp über die Reeling und baut sich triumphierend vor Hannes auf.

»Ha!« sagt er. Und nochmal: »Ha!« In der Hand schwenkt er eine Ansichtskarte, so schnell, daß Hannes nichts erkennen kann.

»Diese Geschichten«, sprudelt er los, »wo Post ein paar Jahre unterwegs ist, weil sie irgendwo verschütt ging und dann doch noch zugestellt wurde, diese Geschichten sind meist erfunden. Aber hier ...«, er zeigt auf die Karte, »... hier habe ich den Beweis, daß es so etwas wirklich gibt. Und ich, Postbote Süverkrüpp, stelle sie persönlich zu. Nach fünfzig Jahren.«

Stolz wie ein Erstkläßler schaut er Hannes an.

»Bei allen Weltmeeren«, staunt dieser, »fünfzig Jahre für eine Postkarte ist ein guter Schnitt. Wie habt ihr das bloß hingekriegt?«

»Ich habe sie entdeckt. Unter dem Wandschrank, der früher für die Postsäcke genommen wurde. Muß rausgerutscht und dahinter gefallen sein. Und da wir jetzt neue Schränke bekommen haben und die alten auf den Müll gehen, da habe ich sie entdeckt. Eigentlich müßte ich Nachporto erheben, die Briefmarke, die drauf ist, ist schon längst nicht mehr gültig. Aber für dich verzichte ich darauf. Kraft meines Amtes.«

»Sie ist für mich?« Hannes staunt nicht schlecht.

»Naja, zumindest ist sie an den Leuchtturmwärter auf Eugen-Ost gerichtet. Und der bist du nun mal.«

»Da soll mich doch einer mal kielholen. Da muß ich ja noch eine Mitteilung ans Seefahrtsamt aufsetzen und die alten Dienstpläne anfordern. Vielleicht lebt der Kollege noch. Ist ja wirklich 'ne tolle Geschichte, alle Achtung, Süverkrüpp.«

Der wiegt geschmeichelt auf den Hacken. »Wird sogar im Mecklenburger Tageblatt erscheinen, mit einem Foto von mir. Warst du schon mal in der Zeitung, Hannes?«

»Nö, nie nich', so weit hab ich es nie gebracht. Mensch, Süverkrüpp, da wirste ja noch richtig berühmt auf deine ollen Tage. Wo ist die Karte überhaupt her?«

Süverkrüpp hält sie sich weit weg vom Gesicht. Seine Lesebrille hat er in der Tasche stecken, um sie bei seinem Höllenritt übers Meer nicht zu verlieren. »Ostseebad Graal-Müritz«, buchstabiert er mühsam, »und unterschrieben ist sie von ...«

»Joshua und Helena!« fällt Hannes ihm ins Wort.

Die Kinnlade klappt Süverkrüpp herunter und vor Schreck bleibt er auf seinen Hacken stehen. Krampfhaft versucht er Worte zu finden, aber sein Mund will nicht so recht funktionieren. Eine Weile kann er nur den Kopf schütteln.

»Nö, nö, nö«, entfährt es ihm dann, »wie kannst du das nur wissen, verdammt noch mal?« Und wütend fängt er an, auf der Stelle zu hüpfen. »Verdammt, verdammt, verdammt«, hallt es über die Ostsee. Und wenn die stille See seinen Wutausbruch auch nicht bis zu den Eiswürfelminen nach Grönland trägt, dann zumindest doch bis nach Graal-Müritz.

»Beruhige dich, Süverkrüpp«, lacht Hannes, »die Welt ist rund und ich kann sie von meinem Leuchtturm eben am besten überblicken. Ich sehe alles, und jeder sieht mich, das ist nunmal so. Hör auf mit deinem Veitstanz und frühstücke lieber mit mir. Ich erzähl dir dabei die Geschichte von Joshua und Helena. Freu dich einfach, daß du auch drin vorkommst.«

Was bleibt Süverkrüpp übrig? Hannes hatte ja wirklich mehr gesehen und erlebt als die meisten Menschen. Dem konnte man nichts vormachen. Lamentierend folgt er dem Kapitän in den Turm. Beim Kaffeemahlen tobt er sich noch etwas aus, aber als Hannes Brötchen in den Ofen schiebt und frischer Kaffeeduft durch die Messe zieht, da beruhigt er sich endlich.

Es ist nun mal so, Hannes ist ihm über. Und wer weiß, vielleicht ist an all seinen Geschichten ja wirklich mehr wahr als erfunden.

»Warum bin ich bloß nicht zur See gefahren?« meint Süverkrüpp, drei Brötchen und eine neue Geschichte später.

»Weil die Post die Menschen miteinander verbindet. Und weil es Menschen geben muß, die sich auch für eine fünfzig Jahre alte Postkarte auf den Weg machen. Menschen wie dich halt. Damit Verbindungen nie abreißen.«

»Ach, Hannes, das hast du aber nett gesagt.«

»Na, klar, und irgendwann triffst du auch mal meine beiden Pinguine hier an. Dann hast auch du was zu erzählen. Du mußt nur fest dran glauben.«

›Na, ob das stimmt?‹ denkt Süverkrüpp. Aber richtig wundern tät's ihn nicht, und er beschließt, in Zukunft immer etwas Pinguinfutter dabeizuhaben.

Kann ja wirklich nicht schaden. Bei Neptun.

Die letzte Strassenbahn

Der Kellner blickt durch die Scheiben vom Picasso auf die regennasse Straße vor dem Restaurant. Zwischen den beiden Fahrbahnen verlaufen die Schienen der Tram, und immer, wenn einer der grünen Züge vorbeifährt, geben ihre Stromabnehmer einen funkensprühenden Blitz von sich. Es ist ihm geläufig geworden, dieses Sprühen der Funken, so wie das tellerklappernde Gerassel oder das Klingeln der Registrierkasse auf der kleinen Anrichte aus Nußbaum.

Ein paar Regenschirme hasten vorbei. Der Kellner streicht sich sein langes, schwarzes Haar, das zu einem Pferdeschwanz gebunden ist, und ordnet es in seinem Gummi neu. Er nennt sich Alberto, doch ist Alberto nicht sein richtiger Name. Alberto ist vielmehr der Ausdruck der Kunst, die er vertritt, nämlich das Servieren spanischer und italienischer Küche in einer so unsüdländischen Gegend wie Hannover. Und weniger noch, als daß sein Name stimmt, stimmt die Heimat, die anzugehören er vorgibt. Weder Italien noch Spanien ist es, aus Deutschland stammt er, doch begriff er diese Zugehörigkeit niemals als Hinweis darauf, kein Spanier zu sein. Vielleicht deshalb, weil ihm die Natur zumindest das Aussehen eines Südländers beschert hatte. So bot es sich an, neben dem Studium hier im Picasso den Kellner zu geben.

Und das war gut so. Nur wenige waren in der Lage, eine Gazpacho so elegant an den Tisch zu bringen oder eine Paella so gekonnt zu kredenzen wie Alberto. Im Gegensatz zu anderen, die lediglich imstande waren, Essen und Trinken auf den Tisch zu stellen, zelebrierte er die hohe Kunst der Tischkultur mit dem augenzwinkernden Charme eines Conferenciers. Er war spanischer als ein Spanier und besaß dabei die zurückhaltende, doch stets wache Aufmerksamkeit des Chefkellners eines Sheraton-Hotels. Es machte ihm Spaß, herauszufinden, was der

Gast wollte, noch bevor dieser es selbst wußte. So verband er auf recht ungewöhnliche Weise die Finanzierung seines Studiums mit dem Studium selbst, Paella mit Psychologie, wenn man so wollte. Und so einer wie er konnte es sich sogar erlauben, Empörung zu zeigen, wenn jemand nicht restlos begeistert vom Essen war. »Warum bestellen Sie sich so viel, wenn Sie die Hälfte liegen lassen?« fragte er dann entrüstet. »Der Koch gibt sich die größte Mühe, alles in Liebe zuzubereiten, und Sie lassen es wieder zurückgehen.« Selbst diese offensichtliche Brüskierung brachte er stilvoll genug hervor, um dem Gast die Erkenntnis zu vermitteln, daß Essen ein Bedürfnis, aber Genießen eben eine Kunst ist.

Das Picasso ist leer um diese Zeit. Mitten in der Woche, kurz vor dem Schließen der Geschäfte, verirrt sich selten ein Gast hierher. Der Wind treibt den Regen gegen die Scheiben, die den Lärm der Straße zu undeutlichem Gemurmel herabmildern. Eine Straßenbahn fährt vorbei und ihr Blitz läßt die abertausend Wassertropfen für einen Augenblick wie einen hellstrahlenden Sternenhimmel erscheinen. Alberto genießt das Gefühl, im Trockenen zu stehen, während wenige Zentimeter von ihm entfernt alles unabänderlich naß und durchweicht wird.

Der Schatten einer Gestalt steigt plötzlich die drei Stufen zum Restaurant hinauf. Die Tür geht und Fußgestapfe ist im Windfang zu hören. Alberto fängt an, sich um etwas zu kümmern. Einfach nur herumzustehen wäre zu aufdringlich. Hier und da zieht er an den Tischtüchern oder zupft die Servietten zurecht.

»Buona Sera«, begrüßt er den Mann, der sich kurz umschaut.

»Guten Abend«, grüßt dieser zurück und entscheidet sich für einen Platz am Fenster. Er nickt Alberto zu und zieht seine Jacke aus. Alberto ist hinzugetreten, um sie ihm abzunehmen und auf einen Bügel zu hängen, doch der Mann winkt ab. »Bitte, nein, ich möchte sie bei mir behalten.«

Er hängt sie über den Stuhl und nimmt auf der anderen Seite des Tisches Platz.

Alberto tritt zurück in den Hintergrund. Der Gast soll sich erst sammeln können. Die Atmosphäre des Raumes auf sich einwirken lassen, ehe er mit neuen Eindrücken konfrontiert wird.

Der Mann hat die Brille abgenommen und seinen Kopf in die Hände gelegt. Unauffällig studiert Alberto ihn, wie er jeden Gast unauffällig, aber doch aufmerksam studiert. Jede Linie im Gesicht eines Menschen hat irgendwo im Lauf der Geschehnisse ein Gegenstück. Diese Linien erzählen viel von dem, in dessen Haut sie gezeichnet sind. So die Art, wie jemand ißt, trinkt oder eine Zigarette hält, etwas über dessen Charakter aussagt.

Was er beruflich macht, ist die Frage, die Alberto stets als erstes in den Sinn kommt. Womöglich ist er kaufmännischer Angestellter, denkt er bei sich. Lehrer kommt nicht in Frage, dazu fehlt ihm eine gewisse Strenge oder, bei einem modernen Lehrer, die kumpelhaft zur Schau getragene Lässigkeit einer 68er-Autorität. Kaufmännischer Angestellter war wohl schon nicht schlecht, wenn natürlich noch viel zu ungenau. Alberto schätzt ihn auf 40 bis 45, vielleicht älter. Wenn er wirklich ein kaufmännischer Angestellter ist, würde er wahrscheinlich eine leitende Position in einem mittelständischen Unternehmen innehaben. Alberto ist zufrieden mit sich. Im Studium ist die Einschätzung eines Menschen seine Spezialität. Was jemand macht, wovon jemand lebt, darauf versteht er sich. Doch etwas in an diesem Fremden ist anders. Alberto stutzt. Ja richtig, die Müdigkeit. Der Fremde ist müde. Nicht wie jemand, dem das Tageswerk zu schaffen gemacht hat, anders.

Albertos Interesse ist geweckt; mehr als sonst sogar.

Er bringt ihm die Karte. Es ist keine Müdigkeit, dessen ist er sich nun sicher. Der Fremde ist ausgebrannt. Für einen Moment verharren sie im Blick zueinander, und wieder winkt der Mann ab. »Ich brauche keine Karte, ich weiß, was ich will.«

Alberto nickt freundlich und entzündet die Kerze, die auf jedem der Tische steht. Eine Straßenbahn fährt vorbei und ihr bläulicher Blitz vermischt sich mit dem Licht des entflammenden Streichholzes zu einer Kaskade aus Feuer und Eis. Der Mann stockt in seiner Bewegung und blickt kurz hinaus. »Bringen Sie mir bitte einen großen gemischten Salat«, sagt er dann, »Spaghetti Speziale und ein paar von diesen Weißbrotscheiben mit Tomatenstückchen und Knoblauchsoße, ich weiß nicht, wie die heißen.«

Alberto hat einen Block gezückt und notiert die Bestellung.

»Gemischter Salat, Spaghetti nach Art des Hauses und Ich-weiß-nicht-wie-die-heißen-Weißbrot. Was darf ich zu trinken bringen? Einen trockenen Rotwein?«

»Bitte, ja. Sangre de Toro« Dann sieht der Fremde geistesabwesend beiseite, räuspert sich fast verlegen und wendet sich, als Alberto gehen will, wieder ihm zu. »Einen Wunsch hätte ich doch.«

Alberto sieht ihn aufmunternd an.

»Sie haben hier öfters Musik von Chico Bouchikhi gespielt. Würde es Ihnen etwas ausmachen, wenn Sie, solange ich hier bin, nur diese Musik spielen würden? Ich zahle auch dafür.«

»Ich bitte Sie, mein Herr«, entgegnet Alberto entrüstet, »selbstverständlich spiele ich diese Musik, aber natürlich ohne Bezahlung.«

Der Mann nickt dankbar und melancholische Falten ziehen kleine Hügel um seinen Mund. Dann lehnt er sich zurück, um träumend aus dem Fenster zu sehen.

Es bedarf nicht vieler Psychologie-Semester, um mitzukriegen, was in diesem Manne vorgeht. Wenn jemand einen bestimmten Wein bestellt, dann bedeutet es, daß dieser Wein ihm besonders schmeckt. Wenn jemand eine bestimmte Musik wünscht, dann gefällt ihm wohl gerade diese Musik, aber wenn jemand Musik und Wein beim Namen nennt, dann verbindet er damit tiefe Erinnerungen. Welch ein Reiz, den Erkenntnissen über diesen Fremden einige Details hinzuzufügen. Alberto fühlt sich wie ein Jagdhund. Er legt die Cassette mit der Musik Chico Bouchikhis ein, obgleich er sie selber kaum noch hören mag. Gitarrenriffs erklingen, und eine rauchig schmachtende Stimme fängt an, auf spanisch von Liebe und Tod zu singen. Albertos Spanisch ist nicht gut genug, als daß er dem Text in allen Einzelheiten folgen könnte, aber diese Art von Musik paßt zu nichts anderem als zu Liebe und Tod. Er klopft gegen das Holz der Durchreiche zur Küche. »Vamos, Amigo, es gibt zu tun.«

Der Amigo, der auf einem Stuhl kippelnd vor sich hingedöst hat, schaut Alberto aus müden Augen an. Er ist zwar auch kein Spanier, aber immerhin ein echter Italiener, heißt eigentlich Sergio und haßt es, wenn man ihn Amigo nennt. Bei Alberto macht er mit dem Haß allerdings eine Ausnahme, nennt ihn deswegen aber Alfred, was dieser widerrum haßt, aber bei Sergio eben auch eine Ausnahme macht.

»Insalata Mista, aber nimm nicht wieder einen ganzen Salatkopf, mach ihn diesmal echt gut, ist für einen besonderen Gast. Und Spaghetti Della Casa nur vom Feinsten, hörst du?«

»Alfred! Meine Salate und Spaghetti sind immer vom Feinsten, ich kann gar nicht anders. Ich bin Neapolitaner, du weißt, was es heißt, einen Neapolitaner in seiner Ehre zu kränken.«

»Neapel ist weit, Amigo, wir sind hier in Deutschland. Aber heute bitte Küche wie in Neapel, nicht wie in Deutschland.«

Sergio lugt aus der Durchreiche. »Wer ist gekommen? Königin von England, Madonna, Pavarotti?« Was er sieht, scheint ihn nicht zu überzeugen. Alberto drückt ihn zurück. »Du erschrickst ihn noch, er ist sensibel. Mach jetzt hin und gib dir Mühe. Und als allererstes gib mir ein paar Bruschettas, pronto.«

Sergio macht sich an die Arbeit und Alberto geht zurück zum Tisch, um dem Gast den Wein zu bringen.

»Lassen Sie mich wissen, wenn ich noch etwas für Sie tun kann«, sagt er dann mit leichtem Nachdruck.

Der Fremde sieht erstaunt auf. Für einen Moment ist Alberto versucht zu sagen, daß das Leben irgendwie weitergehen wird. Er bemerkt die Armbanduhr, die der Fremde vor sich auf den Tisch gelegt hat. ›Worüber kann mir das Aufschluß geben?‹ fragt er sich. »Sie werden doch nicht etwa in Eile und Hast die besten Spaghetti der Stadt herunterschlingen wollen. Der Koch gibt sich alle Mühe, es wäre jammerschade, wenn Sie sich nicht Zeit dafür ließen.«

Der Mann lächelt. »Ich werde bestimmt in aller Ruhe genießen können, das müssen Sie mir glauben. Es ist nur so, daß ich die letzte Straßenbahn nicht verpassen darf.«

»Das ist gut«, erwidert Alberto erleichtert, »wissen Sie, der Koch ist Neapolitaner, und mit denen muß man vorsichtig sein, nicht wahr?«

Nein, zum Lachen bringen kann er ihn auch mit diesem Scherz nicht. Und Zeit ist wirklich noch bis zur letzten Straßenbahn. Seitdem Alberto in diesem Restaurant beschäftigt ist, gilt der blaue Blitz der letzten Tram als Zeichen für den nahen Feierabend. Die Linie führte in geradezu idealer Weise in die Innenstadt, und nur wenige Gäste kommen mit dem Auto. Doch wem sie davonfuhr, dem drohte ein langer Fußmarsch.

Alberto gießt das Glas halbvoll und läßt die Flasche auf dem Tisch stehen. »Für den Fall der Fälle«, erklärt er, und das Nicken des schweigsamen Gastes deutet darauf hin, daß der Fall der Fälle heute abend wohl eintreten wird. Als Alberto die Weißbrotscheiben an den Tisch bringt, sieht er sofort die beiden Fotografien, die der Fremde mittlerweile vor sich ausgebreitet hat. ›Oha‹, denkt er, ›zwei Frauen‹. Damit ist er wieder einen Schritt weiter, wenngleich der Erkenntnis auch neue Fragen folgen. Nur eins ist sicher: Der Fremde ist niemand, der einfach nur seine Einsamkeit betrauert. Vielleicht ist es der Verlust einer dieser Frauen – vielleicht muß er sich für eine entscheiden. Alberto sieht ihn sich genauer an. Der Mann ist zu unscheinbar, um als Gigolo durchzugehen. Weder besonders hübsch, noch mit etwas beschlagen, das Frauen interessant finden könnten. Er sieht eigentlich nur normal aus. Keine Höhen, keine Tiefen. In einem Alter, das im Niemandsland zwischen Aufbruch und Untergang hängt. Zwischen Kühnheit und Weisheit. Wer in diesem Niemandsland keinen Managerposten vorweisen kann, der hat nur die Familie, die heranwachsenden Kinder, den neuen Wagen und die nächste Urlaubsreise. Und wer in diesem Alter keine Familie hat, der hat noch nicht einmal die gemeinsame Urlaubsreise, mit der er im Kreis der Arbeitskollegen etwas gilt. Der ist ein Nichts. In diesem Alter die Familie, die Frau, die Freundin zu verlieren, ist das Schlimmste, was passieren kann. Zu spät vielleicht, um etwas aufzubauen, zu früh, um alles aufzugeben. Zu weit entfernt von dem Punkt, wo neue Liebe mit der Lust kommt, wo die Natur schon selbst dafür sorgt, daß alles neu beginnt. Und doch so bitter weit entfernt von dem Punkt, wo sich Nacht über den Zustand legt, den man gemeinhin als das irdische Dasein zu benennen pflegt. Wo der Geist frei wird von seiner störenden Hülle, um sich emporzuschwingen zu einem höheren Ich.

Ein Blitz reißt Alberto aus seinem philosophischen Höhenflug. Die Tram fährt um diese Zeit nur alle zwanzig Minuten. Allerdings so pünktlich, daß man tatsächlich die Uhr nach ihr stellen kann.

Dann geht die Klingel und Sergio schiebt die Spaghetti hinaus. Alberto nimmt den Teller in die eine Hand und das Schüsselchen mit dem Parmesankäse in die andere. In seinem Studium kam oft die Frage auf, ob Philosophie aus der Beobachtung von Menschen entsteht oder ob Menschen nach philosophischen Erkenntnissen handeln. Dieser Fremde feiert Abschied, dessen ist sich Alberto jetzt sicher. Aber von was? Von wem? Eine Dreiecksgeschichte? Alberto hatte erst letzte Woche über Dreiecksgeschichten referiert. Dreiecksgeschichten, so hatte er behauptet, haben die eigenartige Geometrie der kreisförmigen Quadratur. Ihr Fundament ist in das Loch gesetzt, das auch gleichzeitig der Abgrund ist, in dem alles versinkt.

›Ist das schlimm?‹ hatte der Professor gefragt. ›Immerhin leben wir von solchen Patienten.‹ ›Dreiecksgeschichten‹, hatte Alberto geantwortet, ›geraten leicht in den Strudel der Obsession, und in diesem Strudel entsteht mitunter eine Kraft, die stärker ist als Philosophie, Vernunft und Verstand zusammen.‹ ›Genau‹, meinte der Professor, ›Sie verlieren möglicherweise einen Patienten. Und das können wir uns in der heutigen Zeit nicht erlauben.‹ Die Klasse hatte gelacht, der Professor hatte ihm eine gute Benotung gegeben und alle aufgefordert, Menschen im täglichen Leben genau zu beobachten, denn schließlich wären das alles potentielle Kunden.

Obsessionen waren seitdem Albertos Lieblingsthema. Die Menschen, die im Namen der Obsession Kriege führten, trugen eine Kraft in sich, die imstande war, Naturgesetze auszuhebeln, Greise zu Teenagern werden zu lassen und Freiheitskämpfer zu Verrätern ihrer eigenen Bewegung. Eine Kraft, die alles vormals Wichtige auf die Bedeutung eines breitgetretenen Hundehaufens reduziert.

»Mein Herr, Spaghetti nach Art des Hauses.«

Ein Blick auf die Fotos. Zwei Frauen, wie sie unterschiedlicher nicht sein können. Dunkel und blond. Die Herkunft ihrer Väterväter von entgegengesetzter Richtung. Norden und Süden.

»Wenn ich etwas für Sie tun kann, lassen Sie es mich wissen.« Der Fremde blickt auf. Nicht unbedingt verwundert, vielleicht dankbar, lächelnd. Nichts, was man von einem Kellner beim Servieren von Pasta erwartet. ›Schmeckt das Weißbrot‹, wäre schon eher etwas. Weil Banales, Unbedeutendes zu jeder Gelegenheit paßt. Aber sich verantwortlich zu fühlen für eine Situation, mit der man nichts zu schaffen hat, ist das nicht angewandte Philosophie? Und paßt sie nicht gerade dadurch in diese Welt, die so voll ist von Unbedeutendem? Theoretische

Philosophie ist nichts. Sie ist genau so wenig wie die theoretische Möglichkeit eines funktionierenden Autos. »Wenn ich noch irgend etwas für Sie tun kann, lassen Sie es mich wissen.« Alberto spürt eine Welle durch seinen Körper laufen. Man sagt, daß im Augenblick der Geburt zwischen Hebamme und Mutter eine tiefe Intimität entsteht. So wie vielleicht zwischen dem Gefängnispfarrer und dem zum Tode Verurteilten am Abend der Hinrichtung.

Der Fremde hat die Tiefe verstanden. »Danke, ich habe alles, was ich brauche. Ich habe jetzt alles, was ich brauche.«

Er fängt an zu essen und Alberto zieht sich zurück. Philosophie hat ihre Grenzen. Keine räumlichen. Sie orientiert sich an der Realität und den Möglichkeiten des Individuums. Und erschöpft sich manchmal in der Betrachtung der Dinge.

Der Regen vor dem Restaurant hat nachgelassen. Ein paar Gäste sind noch hinzugekommen, aber wie von unsichtbarer Hand gesteuert setzen sie sich an entfernte Tische.

Ein Rosenverkäufer kommt herein. Etwas mehr Glück als sonst wird er heute haben. Einer wird ihm etwas abkaufen. Zwei Rosen wechseln den Besitzer. Wie teuer? Egal. Selbst wenn sie ein Vermögen gekostet hätten – heute wäre er sie losgeworden.

Alberto greift sich eine leere Rotweinflasche, füllt sie mit Wasser, bringt sie zum Tisch des Fremden. »Rosen brauchen Wasser.«

Dankbares Nicken.

Alberto bleibt neben dem Tisch stehen und schaut aus dem Fenster. Eine Straßenbahn fährt vorbei und ihr Blitz verwandelt die Fensterscheibe in ein Meer blauer Wassertropfen. ›15 Grad mehr, 30 Tage weniger Regen, und es hätte ein toller Sommer werden können‹, sinniert Alberto und überlegt, wie wenig man oft der Dinge wahre Werte mißt. ›Regen ist Wasser, Wasser ist Leben. Warum macht er dann depressiv und nicht fröhlich?‹

»Wasser ist Leben«, sagt er laut. Irgendwie ins Gespräch

kommen. Warum eigentlich? Alberto weiß es selbst nicht. Der Mann schweigt.

›Nicht locker lassen‹, denkt Alberto. Das Geheimnis zu lösen, verlockt ihn in geradezu voyeuristischer Manie.

»Das Licht am Ende des Tunnels sieht man erst, wenn es um einen herum ganz dunkel ist.«

Das war schon fast so, als hätte er gefragt, ›was ist Ihr Problem, mein Herr?‹

Der Mann antwortet immer noch nicht. Alberto sieht aus dem Fenster und versucht nach hinten zu spüren. ›Was er jetzt wohl denkt‹, fragt er sich.

Der Mann hat aufgehört zu essen. Keine Geräusche seiner Gabel mehr. Denkt er nach? Gut! Er legt die Brille ab. Vielleicht gleich eine neue Frage hinterherschieben. Alberto will es heute lösen, dieses Rätsel um den Fremden. Er hat sich nun dazu entschlossen. Wie ein Schachspieler plant er seinen nächsten Schritt, die nächste Frage, das nächste Wort. Geheimnis, Geheimnis. Heute will ich es wissen. Alberto lauscht in sich, aus sich heraus, hin zum Fremden. Dann dieses Geräusch. Bekannt zwar, doch fremd zugleich. Was ist das? Jetzt noch einmal, deutlicher. Nein, mein Gott. Alberto sieht sein Spiegelbild erstarren, als er das Geräusch erkennt. Umdrehen? Nicht umdrehen? Der Fremde weint. Alberto läuft es kribbelnd über den Rücken. Das hat er nicht gewollt. Keine Fragen mehr, es ist gut. Bitte. Doch der Fremde weint. Hält sich die Hände vor das Gesicht und weint. Alberto sieht es im Spiegelbild, in dem er auch sein eigenes Bild sieht. Hilflos, sprachlos, betroffen. Ins Leere starrend wie unbeteiligt. Und doch nichts sehend.

Der Fremde heult. Läßt den Kopf auf den Tisch fallen, in die Arme hinein, die sich wie ein schützendes Hafenbecken um ihn legen. ›Was habe ich angerichtet? Den Punkt getroffen. Was mache ich jetzt? Es geht mich nichts an, es geht mich nichts an.‹ Doch kein Vor und kein Zurück jetzt mehr. Der Körper des Mannes schüttelt sich vom Weinen. Vom Schmerz. Kein Bemühen darum, die Tränen zurückzuhalten. Keine Chance vielleicht. Die Philosophie versagt. Sekunden werden zu Stunden. Stunden der eigenen Hilflosigkeit. Die anderen Gäste sind aufmerksam geworden. Schauen herüber. Erstarren auch. Keine Worte, keine lauten und keine geflüsterten. Schweigen. Zwischen wegsehen und hinschauen. Zwischen Anteilnahme und Hilflosigkeit. Alberto zwingt sich zu ihm hin. Dreht sich um von seinem unsicheren Blick ins Leere. Das Weinen ist nicht peinlich. Nur der sinnlose Versuch, es nicht bemerken zu wollen. Was kann ich tun? Soll ich was tun? Warum ich? Trösten? Ein Kloß sitzt ihm plötzlich im Hals. Gar über den Kopf streichen? Das Schluchzen hört nicht auf. Warum kann es denn kein Kind sein? Alles wäre nicht so schlimm. Man nimmt es auf den Arm, wiegt es hin und her. Lacht ein paarmal, versucht es aufzuheitern. Hoppe, hoppe, Reiter. Die anderen Gäste starren hin, starren weg. Gemeinsames Schweigen. Wie eine Glocke schwebt es über ihnen. Betroffen berührt. Peinlich berührt. Alberto bemerkt Sergios Kopf aus der Luke ragen. Ernst. Mein Gott, wie alt Sergio aussieht. Warum hilft mir denn keiner?

Doch dann, nach langen Momenten, wird das Schluchzen leiser. Nur der Fremde kann alles beenden. Nur er kann alle befreien.

Der Fremde hebt den Kopf. Rote, verheulte Augen. Er schämt sich nicht. Nicht hier und nicht heute. Vielleicht nie mehr.

»Entschuldigen Sie bitte.« Matte, stockende Worte.

»Aber ich bitte Sie, mein Herr, wenn es nun mal so ist. Das ist doch nichts Schlimmes.«

Der Fremde nimmt die Serviette, wischt sich die Augen. Greift abwesend die Gabel. Als wäre er nicht von dieser Welt. Alberto wagt zu gehen. Langsam. Keine Flucht.

»Aber nur, wenn es draußen noch Tag ist«, sagt da der Mann leise, »nur, wenn man nicht so lange gewartet hat, bis es Nacht geworden ist. Dann gibt es kein Licht am Ende des Tunnels.«

Alberto verharrt im Schritt.

»Wenn man zu lange gewartet hat«, erwidert er, »dann muß man einfach noch etwas länger warten. Irgendwann ist ein neuer Tag und man kann das Licht am Ende des Tunnels wieder sehen. Irgendwann ist die Nacht vorbei.«

»Winternächte«, sagt der Mann, »gehen nie vorbei.«

Mit hämischer Kraft schleudert der Wind den Regen klatschend gegen die Scheibe. Hannovers Wetter im späten Herbst vermag durchaus all die Attribute aufzubieten, die man gemeinhin mit Ungemütlichkeit in Verbindung bringt. Vorbeihastende Gestalten vor dem Fenster schleppen Tüten, Taschen und Vergangenheit mit sich herum. Jeder von ihnen hat seine eigene Geschichte. Jedes dieser schemenhaften Gesichter ist irgendwo als Kinderfoto abgebildet; in versteckten Alben oder verkramten Kartons liegend. Und in all diesen Kinderfotos vermag man die Kraft der damals mit auf den Weg genommenen Hoffnung zu sehen. Doch je älter und vergilbter die Bilder sind, desto mehr ist diese Hoffnung der Wehmut gewichen. So, wie die Bilder verblassen, verblassen auch die Erinnerungen an den, dessen Antlitz sie zu wahren versuchen. Von all unseren Wünschen, Träumen und Sehnsüchten, von all unseren Gedanken und Zielen, unserem Wirken und Sein, wird am Ende nicht mehr übrig bleiben als ein paar vergilbte Fotografien. Unsere Kraft, unser Kummer, unsere Nöte und Ängste, all das, was ein Menschenleben ausmacht, stirbt mit dem Tag, an dem wir vergessen sind. Wo der letzte Mensch, der uns kennt, selbst zum Ende seiner Geschichte kommt und seine Erinnerungen an uns mit in das Grab nimmt. Wir wissen, daß wir nichts wissen, nichts sind und nicht mehr haben als vielleicht die vage Hoffnung auf eine Wiedergeburt in einem späteren Leben. Natürlich: es ist des Menschen Bestimmung nicht, über seine Vergänglichkeit zu sinnen. Um zu Leben, zu atmen, zu Sein ist er auf die Welt geschickt. Um stets das Licht am Ende des Tunnels zu suchen, um dorthin sich auf den Weg zu machen.

»Ich zahle«, sagt der Mann leise.

Er zahlt großzügig. Fast beschämend hoch ist das Trinkgeld, das er gibt, und Alberto schwankt zwischen Kränkung und Versuchung.

»Sie werden die letzte Straßenbahn noch gut bekommen«, gibt er ihm mit auf den Weg.

Es ist das erste Mal in seinem Leben, daß ein Gast sich mit Handschlag von ihm verabschiedet.

»Gewiß, ich werde sie wohl kaum verpassen.« Der Mann nimmt sich die Jacke, läßt sich hineinhelfen. Er geht zur Tür. Dreht sich noch einmal um: »Danke.«

Es ist ein Uhr nachts.

Alberto bleibt am Fenster stehen. Wartet auf die letzte Straßenbahn, auf das Blitzen ihres an der Oberleitung vorbeiziehenden Stromabnehmers.

Diese Nacht wird kalt werden.

Und diese Nacht wird es keine letzte Straßenbahn geben.

Eine Betriebsstörung, wie es später heißt. Irgend etwas lag im Weg. Der Fahrer hatte keine Chance mehr zu bremsen.

›Irgendwann wäre es wieder Tag geworden‹, denkt Alberto fast verbittert, ›warum nur haben manche Menschen nicht genügend Geduld zum Leben?‹

Die Bilder hat er mitgenommen. Am Herzen wird er sie tragen, während eine seltsam entrückte Atmosphäre geblieben ist. Als folge sie ihm nicht nach. Nicht hinaus in die Kälte und nicht hinaus in die Tat.

Und auch die Rosen sind noch da. In einer geleerten Rotweinflasche. Alberto stellt sie ins Fenster, nimmt eine dritte, steckt sie dazu. Und die Kerze vom Tisch des Fremden. Die einen Moment flackert mit fliehendem Ruß. Und dann stillsteht, erhaben, würdig. Alberto läßt sie heute nacht im Fenster. Vielleicht braucht ja auch die Seele ein Licht am Endes des Tunnels.

Manchmal muss man Prioritäten setzen

Zehn Jahre nach dem Fall der Mauer existierte sie noch immer in den Köpfen der Menschen und Berlins Senat beschloß, ein Zeichen zu setzen. Möglichst preiswert.

Elefanten, so erklärte die dazu einberufene Arbeitsgruppe ihren Plan, vergäßen bekanntlich nie. Würden diese Dickhäuter nun vorurteilsfrei auf Bruder und Schwester zugehen, so erkannten die Menschen vielleicht ihr Tun und schämten sich endlich dafür.

Also rief man Berlins Zoodirektoren an einen Tisch, den vom Westzoo und den vom Tierpark in Friedrichsfelde.

Dem hehren Vorhaben zur Hilfe kamen zwei Sachverhalte: Erstens gab es im Westzoo lediglich Elefantinnen, die, anders als Truthennen, bekanntermaßen nicht in der Lage sind, sich selbst zu befruchten. Und zweitens verfügte der Ostzoo über einen potenten Elefantenbullen, Tembo. Tembo ließ nichts anbrennen, er hatte Sabah und Bibi ein Kind gemacht, oder, was eine Frage der Auslegung ist, sie ihm.

Jedenfalls erschien Tembo geeignet, eine Vereinigung der besonderen Art aufs Parkett zu legen, und die Zoodirektoren willigten ein.

Eine LKW-Bude sponsorte einen Tieflader, Tembo wurde draufgeschnallt und vorbei an einer Menschenkette in den Westen gebracht, wo die sieben Grazien bereits frisch gewaschen auf ihren Liebhaber warteten.

Erwartungsvolle Stille senkte sich über die zahlreichen Zuschauern, als er ins Gehege gescheucht wurde. Als nichts passierte, fingen die ersten an zu rufen: »Zeigs ihnen«, »Na, los, Tembo«, bis schließlich alle »Tembo, Tembo, Tembo« skandierten. Ein kleines Mädchen warf ihm eine Erdnuß zu, doch landete sie im Graben, der das Elefantengehege tief und breit umrundete.

Je lauter die Leute riefen, desto verklemmter erschien Tembo.

»Doll ist das ja nicht«, knurrte der Westzoodirektor, selbstverständlich ohne Überheblichkeit.

»Die Leute müssen weg«, nahm der Osttierparkdirektor seinen Elefanten in Schutz, »Sie könnten auch nicht, wenn alle zusehen.«

Der Zoo wurde für drei Tage geschlossen und nur eine Handvoll Mitarbeiter beobachtete, teils als Baumstämme getarnt, den weiteren Verlauf der Geschehnisse.

Es war nicht so, daß Tembo keine Lust gehabt hätte. Im Gegenteil, er fühlte sich wie im Paradies. Allerdings auch gehemmt. Die Damen waren anders, als er es gewohnt war, und hätte er gewußt, was hochnäsig heißt, so hätte er gesagt, sie seien hochnäsig.

»Vielleicht sollten wir uns erst mal vorstellen«, hatte gleich zur Begrüßung eine der Elefantinnen pikiert gesagt und sich als Ayesha vorgestellt, sie käme aus dem nordwestlichen Indien. Worauf die nächste meinte, sie hieße Drumbo und wäre auch Inderin, und höflich begrüßte Tembo auch sie mit einem Kopfnicken.

Auch die anderen stellten sich nun vor.

»Pang-Pha, Thailand.«

»Janya, Thailand.«

»Iyoti, Tschad.«

»Carla, Indien.«

»Svea, Afrika.«

Dann wurde es still. Verlegen scharrte Tembo im Sand. Alle Elefantenaugen richteten sich auf ihn.

»Tembo«, stieß Tembo schließlich hervor, »Friedrichsfelde.«

Ein Ruck ging durch die Damengruppe. »Ach, von drüben«, rief eine, und eine andere fragte scherzhaft, wie er denn an ein Visum gekommen sei. Die Damen trompeteten aufgeregt durcheinander.

»Und was willst du hier?« wollte Ayesha wissen, als sie sich wieder beruhigt hatten.

»Ich soll einer von euch ein Kind machen«, erklärte Tembo in seiner Naivität und hatte damit die Zwölf getroffen.

»Na, das schmink dir ab.« »Für was hälst du dich, Typ?« »Paß auf, daß du dir keine einfängst.« »Du hast wohl einen Sprung im Rüssel.«

Tembo verstand die Welt nicht mehr. »Meine Güte, seid ihr kompliziert«, stöhnte er, und die Damen zogen sich empört zurück.

»Doll ist es ja nicht«, wiederholte der Zoodirektor, natürlich ohne hämischen Unterton.

»Er braucht ein Stimulanzmittel«, erklärte sein Kollege aus dem Osten, »auf Bestellung würden Sie auch nicht können.«

Man nahm einen Laib Brot, bohrte ein Loch hinein und höhlte es aus. Dann füllte man es mit Viagra, ein Wärter ging leise pfeifend am betrübt abseitsstehenden Tembo vorbei und ließ es ihm vor die Füße fallen. Tembo griff es mit seiner am Rüssel angebrachten Hand und schlang es mit einem einzigen Schmatzer herunter.

Die Erregung wuchs, vorerst allerdings die der heimlichen Beobachter. Doch stutzte Tembo plötzlich, schaute an sich hinunter und streckte die Schultern durch.

»Es wirkt«, flüsterte ein Beobachter. Deutlich war zu sehen, wie die Augen des Bullen glitzerten und sein Gang geschmeidiger wurde. Federnd lief er in Richtung Damenrunde.

»Oh, oh«, meinte Ayesha, der das Glitzern in Tembos Augen ebenfalls nicht entgangen war. Die Frauen sprinteten auseinander, womit alles nur noch schlimmer wurde. Tembo fühlte unbändige Lust in sich, die durch die keulenden Hinterteile auch noch verstärkt wurde. Besonders Ayesha hatte es ihm angetan.

»Laß uns vorher noch etwas reden oder am Trog einen trinken gehen«, keuchte sie, »das gehört sich so.«

»Hinterher«, rief Tembo.

Er hatte Ayesha fast erreicht, stoppte jedoch plötzlich. Schlitternd kam er zum Stehen und war für einen Moment von einer Sandwolke verhüllt.

»Was macht er?« fragte der Zoordirektor über Funk den als Baumstamm getarnten Beobachter.

»Keine Ahnung, er ist einfach stehengeblieben.«

Auch Ayesha war stehengeblieben. Sie drehte ihren Kopf herum. »Was is'n jetzt?« Aufreizend wackelte sie mit der Hüfte.

»Da liegt eine Erdnuß im Graben.«

»Na und? Laß doch die blöde Erdnuß.«

»Nein. Die hole ich mir. Wer weiß, wann es wieder welche gibt.«

Und kühn rutschte Tembo die Böschung hinunter.

Manchmal muß man Prioritäten setzen.

Urlaubsvertretung

»Und du meinst, du kommst klar?« Sejong steht mit ihren Koffern in der Tür, das Taxi wartet unten auf der Straße, ich verdrehe genervt die Augen. »Ich habe schon Katzen versorgt, da hast du selbst noch in die Hose gemacht.« Ich weiß nicht, ob das stimmt, aber es hört sich markig an. Sejong erscheint mir gerade jetzt, wo sie dezent geschminkt im Flur vor dem Spiegel ihre langen Haare kämmt, derart perfekt, daß es schwer ist, sie sich als vollgekacktes Baby vorzustellen.

»Es geht nicht nur darum, die Katzenklos sauber zu halten. Du mußt auch darauf achten, daß sie nicht zu schnell fressen und nicht auf dem Tisch sitzen oder gar unbeaufsichtigt auf dem Fensterbrett. Manchmal springen sie nämlich runter.«

»Dein Flugzeug. Du wirst zu spät kommen.«

»Du hast recht. Ich fahre jetzt. Du machst das schon.«

Sejong gibt mir einen sanften Kuß. Leider auf die Stirn, wo es am wenigsten prickelt. Ich sehe ihr aus dem Fenster nach. Wie sie ins Taxi steigt und mir zuwinkt. Dann ist sie weg. Zehn Tage Urlaub, die sie sich vom Stipendiumsgeld abgespart hat, um nach Jahren eisernen Bühnentanzes alle Viere in die Sonne zu strecken und nichts weiter zu tun, als ab und zu Caipirinha zu schlürfen. Was mir die Aufgabe eingetragen hat, Hüter zweier Katzen zu werden, eines Kachelofens und einiger pflanzenähnlicher Gewächse, deren kümmerliche Blätter eigentlich viel mehr der Sonne bedürfen als die Haut meiner naturbraunen Freundin Sejong.

Zurück im Wohnzimmer bullert mir der braune Kachelofen leise entgegen. Sejong hat mir seine Funktionsweise fast eine halbe Stunde lang erklärt. Entlüftungsklappe auf, Kohlen rein, Papier zum Zünden hinterher, Fenster zum Lüften auf und blablabla.

Ein ungleiches Katzenpaar sitzt auf dem Tisch vor dem Ofen

und mustert mich wie Kinder, bevor sie einem gegen das Schienbein treten. Ich habe keine Angst vor Katzen, wenngleich die große, graubraun getigerte, an einen Kampfhund erinnert. Ihr Kompagnon erscheint dagegen wie die Anhäufung verschieden brauner Kneten mit weißem Bauch. Und trügerisch lieblichem Gesicht. Das muß das Weibchen sein. Sejongs Angaben zufolge gibt es ein Weibchen und ein ehemaliges Männchen. Sie hat es mir erklärt, aber ich kann mir keine Gesichter merken, schon gar keine Katzengesichter. Jetzt, wo sie auf dem Weg zum Flughafen ist, könnte ich nachsehen, welches der beiden das Weibchen ist. Allerdings bin ich nicht sicher, ob es einen Unterschied zwischen einem kastrierten Kater und einem Weibchen gibt, zumal beide ziemlich befellt sind. Und wozu sollte ich das tun? Daß eine der Katzen ein Mädel ist, ist nur insofern wichtig, als daß sie weder kastriert noch sterilisiert, ja, wahrscheinlich noch nicht einmal pasteurisiert ist.

»Es kann sein, daß sie ausgerechnet in deiner Zeit rollig wird«, hatte Sejong mich gewarnt, nachdem ich ihr bereits meine Hütequalitäten zugesichert hatte. »Nicht, daß du dich dann wunderst. Ihr Verhalten ist ziemlich eigenartig, wenn sie rollig ist. Beachte sie einfach nicht, das geht vorbei.«

Sie beschrieb die Eigenartigkeit des Verhaltens nicht weiter, und ich machte mir keine Gedanken darüber. Es wäre ein großer Zufall, wenn sie ausgerechnet in der Woche, die ich hier wohnen sollte, ihre Tage kriegen würde ...

Meine These von der Zufälligkeit bestimmter Ereignisse wird in der Nacht abrupt über den Haufen geworfen. Ich schlafe auf Sejongs Futon, zehn Zentimeter über dem Boden, und träume von einer erotischen Begegnung mit einer Chinesin. Kurz nach Mitternacht ertönt direkt neben meinem Ohr der Schrei einer Katze, und augenblicklich bin ich wach. Paralysiert zwar, zu Stein erstarrt, doch wach. Der Schrei wiederholt sich, und mit einem Ruck löse ich mich aus der Erstarrung. Ich drücke den Knopf der Bettlampe, Licht flammt auf, vor mir erhebt sich das Hinterteil einer Katze. Senkrecht steht der Schwanz in die Höhe, mit vibrierenden Lenden spreizen sich die Hinterläufe wie bei einem überladenen Auto zur Seite, während das Vorderteil dicht an den Boden gepreßt ist. Jetzt weiß ich, welches das Weibchen ist und was den Unterschied ausmacht.

Ich nehme das rote Tuch ab, mit dem die Lampe zugehängt ist, aber nichts ändert sich am Verhalten der Kätzin. Ein raues Knurren entrinnt ihrem zuckenden Körper, lasziv drückt sie ihre Brust gegen den Boden, während ihr entmannter Kumpel daneben sitzt und zum Kotzen gelangweilt in die Gegend stiert. Von ihm ist keine Hilfe zu erwarten.

Einige Momente lasse ich dieses nymphomane Verhalten auf mich einwirken. Ich will Neuem offen gegenüberstehen. Aber kein wie auch immer geartetes Verlangen kommt in mir auf. Ich bin eindeutig der falsche Partner. Mit einer zusammengerollten Zeitung schubse ich das Luder weg, was es falsch deutet, sich extatisch überschlägt und einen Meter weiter in der gleichen Stellung liegenbleibt. Also lösche ich das Licht und versuche zu schlafen, doch fünf Minuten später sitzt sie mir fast wieder auf dem Gesicht. Ich muß etwas unternehmen.

Glücklicherweise gibt es eine Nachtapotheke direkt um die Ecke. Eine junge Nachtapothekerin öffnet auf mein Klingeln eine kleine Glasscheibe in der Tür.

»Können Sie mir eine Beruhigungsspritze für Katzen mitgeben?«

»Bitte?«

»Meine Katze ist rollig. Ich will ihr eine Spritze geben.«

»So einfach ist das nicht. Erstens führen wir keine Veterinärmedizin, und zweitens finde ich dieses typisch männliche Verhalten scheiße.« Sie knallt das Fenster zu. Hatte ich erwähnt, daß wir in Kreuzberg sind?

Erfolglos zurückgekehrt, schleiche ich mich an der erschöpft herumliegenden Katze vorbei, leise, um zu verhindern, daß ein allzu lauter Schritt ihren Trieb erneut weckt. Lüstern, aber müde, schaut sie zu mir hoch. Und schlägt um drei wieder zu.

Schwach kann ich mich daran erinnern, daß Sejong in einem Nebensatz eingestreut hatte, Katzen würden bis zu zehn Tagen rollig sein. Sie muß es gewußt haben. Dieser plötzliche Entschluß, verreisen zu wollen, macht sie im Nachhinein hochgradig verdächtig. Zweifellos führt sie zusammen mit ihrer Katze einen Menstruationskalender; ich bin in eine Falle gerannt.

Übermüdet versuche ich am nächsten Morgen, den Ofen in Gang zu setzen. Dazu muß das Fenster auf, was sofort die Katzen auf den Plan ruft. Auf dem Fensterbrett stehend warten sie darauf, sich hinunterstürzen zu können. Katzen sind so. Sie wissen, daß sie sich dabei nichts tun. Auch nicht, wenn sie aus dem dritten Stock springen. Im Gegenteil: man hat festgestellt, daß es für Katzen ungefährlicher ist, aus dem dritten Stock zu springen, als aus dem ersten. Je höher es ist, desto mehr haben sie Zeit, ihr Fell auszubreiten, um als lebender Fallschirm zu landen. Die beste Höhe liegt bei dreitausend Meter, danach wird selbst für eine dicke Katze der Aufprall zu hart.

Für einen Moment überkommt mich der Gedanke, beide hinunterzuschubsen. Das Katzenproblem wäre ich so los. Aber wahrscheinlich auch Sejong. Also lasse ich es, ziehe sie stattdessen mehrere Male ins Wohnzimmer zurück, bis die Kohlen genug Sauerstoff intus haben, um von selbst weiterzuglimmen. Das dauert fast den ganzen Vormittag, weil ich vergessen habe, die Entlüftungsklappe zu öffnen. Danach kümmere ich mich um die Katzenklos, von denen es ein kleines und ein großes gibt. Analog zu den Katzen. Mit einer Rillenschaufel fische ich die Katzenkacke aus den vollgesogenen Steinen und komme mir wie ein Goldwäscher vor, vom Geruch mal abgesehen.

Nachdem ich fertig bin, kommen die Katzen, schnuppern kurz an den sauberen Kisten und kacken sie wieder voll. Die kleine auf das große Klo, die Große auf das kleine. Die Kleine trifft, die Große nicht. Eine filigrane hellbraune Spur zieht sich über das Email der Badewannenverkleidung. Ich beschließe zu warten, bis sie dunkelbraun und rissig ist. So läßt sie sich leichter mit dem Pfannenwender ablösen. In der Zwischenzeit hole ich Katzenfutter. Sejong muß vergessen haben, es zu besorgen. Katzenklosteine fehlen auch. Genau wie Kohlen. Es fehlt eigentlich alles. Aber so schön wie Sejong ist, macht das nichts.

Dreißig Kilo Katzenklosteine kugeln mir fast den Arm aus, zwanzig Kilo Kohlen auf der anderen Seite geben mir etwas Gleichgewicht. Um den Hals hat mir die nette Verkäuferin meinen Stoffbeutel mit Katzenfutter gehängt.

Zurück in der Wohnung stelle ich fest, daß der Ofen wieder ausgegangen ist. Ich habe vergessen, die Entlüftungsklappe zu schließen. Außerdem haben die Katzen Hunger. Sie brüllen mich an und versuchen mir ins Bein zu beißen, weil ich die Dosen nicht schnell genug aufkriege. Ich mache die Klos erneut sauber, die Katzen kommen vom Fressen und kacken sie voll. Danach kümmere ich mich um den Ofen, öffne das Fenster wegen Sauerstoff und blablabla und stelle plötzlich erschreckt fest, daß ich eigentlich schon längst auf dem Weg zur Arbeit sein müßte. Es gibt noch ein Leben außerhalb dieser Katzenwelt, ich habe es nur vergessen. Überstürzt rase ich los.

Nach einem schweren, arbeitsreichen Tag kehre ich zurück und erschrecke. Hatte ich das Wohnzimmerfenster geschlossen?

Ich hatte nicht. Vor dem Hauseingang sitzt die dicke Kampfkatze und maunzt mich ärgerlich an. Sie ist runtergesprungen, hat überlebt und wartet darauf, daß ich sie wieder hochtrage. Mir wird klar, daß jede meiner Bewegungen jetzt gut überlegt sein muß. Ein Fehler, und die Katze haut ab. Es ist nicht sicher, daß Sejong mich zu ihrem Liebhaber macht, aber wenn ihre Katze weg ist, kann ich es ganz vergessen.

Ich stelle meinen Rucksack auf den Boden und nähere mich zentimeterweise dem maunzenden Tier. Pfeife leise vor mich hin, um den Eindruck der Harmlosigkeit zu erwecken. Tue so, als hätte ich Katzencracker in der Tasche. Die Strategie geht auf.

Anderthalb Meter von ihr entfernt stürze ich mich nach vorn und erwische sie an den Hinterläufen. Ein verbissenener Zweikampf entbrennt, den ich mit zerkratztem Gesicht gewinne.

Kaum habe ich das sich heftig wehrende Tier in die Wohnung geworfen, verschwindet es unter einen Schrank. Daß ich meinen Rucksack auf der Straße vergessen und nie wiederfinden werde, weiß ich zu diesem Zeitpunkt noch nicht.

In der Nacht werde ich von kopulierenden Geräuschen geweckt. Zwei Katzen vögeln miteinander. Für einen Moment schaue ich irritiert auf die zuckenden Leiber. Dann sehe ich den kastrierten Kater wie in der Nacht zuvor völlig angeödet in die Gegend starren. Ich habe einen fremden Kater in die Wohnung geholt. Sejong wird mich kastrieren.

Das Liebespaar stöhnt noch einmal laut auf und wird dann fertig. Der Kater rollt sich zur Seite und schläft sofort ein, die Kätzin geht ins Bad und kackt gegen die Wanne. Ich bin verloren.

In meiner Not suche ich noch einmal die Nachtapotheke auf. Die junge Nachtapothekerin öffnet die kleine Scheibe.

»Haben Sie die ›Pille danach‹?« frage ich.

»Die gibt es nur auf Rezept.«

»Es ist für ein Katze.«

»Perverses Schwein.« Wieder knallt sie das Fenster zu, und ich fühle mich entsetzlich alt.

Zurück in der Wohnung sitzen drei Katzen vor mir und mustern mich. Sie haben Hunger. Ich öffne zwei Dosen und schütte die Näpfe voll. Eine der dicken Katzen muß verschwinden. Aber welche?

In gewisser Weise unterscheiden sie sich voneinander. Aber beim besten Willen, ich kann nicht sagen, worin. Ich habe mir noch nie Gesichter merken können, schon gar keine befellten. In den verbleibenden neun Tagen versuche ich mit verschiedenen Tests herauszufinden, welche Sejongs ist. Sensorische Tests, stimulierende Tests, zufällige Doppelblindstudien. Ohne

Erfolg. Ein befriedigter Kater verhält sich wie ein kastrierter, eine befriedigte Kätzin kackt genauso gegen die Wanne wie eine frustierte. Und nachts sind alle Katzen grau.

Irgendwann entscheide ich mich für eine der dicken Katzen. Obwohl sie sich heftig wehrt, setze ich sie an die Stelle zurück, wo ich sie gefunden habe. Dann renne ich schnell weg.

Sejong kommt braun wie eine Haselnuß zurück, eine Urlaubsaffäre im Schlepptau, die mich hämisch angrinst. Sie fragt, ob ich Probleme hatte mit den Katzen. Ich verneine. Immerhin habe ich schon Katzen gehütet, da machte sie selbst noch in die Hose.

Als Mitbringsel schenkt sie mir eine praktische Reisefusselrolle und bemerkt, daß ihre kleine Lisa zugenommen hat. Und daß Curtis, der Dicke, anders ist als sonst. Daß er anders aussieht und sich anders verhält. Ich versuche ihr zu erklären, daß wir uns alle verändern.

Und daß vor allem nie etwas so ist, wie wir das gerne hätten.

Paralleluniversum

Acht Uhr Morgens. Es ist wie immer. Gerade von meiner Arbeit auf dem Fruchthof zurückgekehrt, lüfte ich mein Zimmer noch einmal kurz durch, bevor ich mich schlafen lege. Berlin schwappt mit seiner Geräuschkulisse wie ein Urlaub an der Nordsee herein. Der Wind trägt Brandungsrauschen heran und plötzlich glaube ich, sogar den Strandkorb riechen zu können, der am letzten Tag unseres Aufenthalts in St. Peter Ording den Flammen anheim fiel. Der uns quasi unter den Händen abfackelte, die wir ihm wärmesuchend entgegenhielten, als mit dem Abend eine steife Briese über den Strand zog.

Diesmal jedoch ist es kein Strandkorb, es ist ein Dachstuhlbrand. Ein kleiner, zugegebenermaßen, ein noch junger sozusagen, und einer, der noch nicht mal mein eigenes Haus, sondern das gegenüberliegende betrifft, doch zweifelsfrei ein Dachstuhlbrand. Viele kleine Rauchfähnchen suchen sich ihren Weg an den Ziegeln vorbei ins Freie und streben schlotig empor. Jemand müßte die Feuerwehr rufen. Doch auf der Straße ist niemand zu sehen. Es bleibt also an mir hängen.

Genervt ziehe ich mich ins Wohnzimmer zurück und überlege kurz. Zwei Probleme gilt es zu lösen. Erstens ist da die Gefahr des Verhaspelns am Telefon und zweitens ist da kein Telefon. Das ist nämlich bei Günther, meinem Nachbarn. Er hat sein eigenes verkauft, um sich einen neuen Intel-Prozessor für seinen Computer leisten zu können. Und borgt sich seitdem meins.

Ich haste die Treppe hinunter und schelle bei Wagenknecht. Ilse öffnet – kreidebleich. »Günther ist in ein Paralleluniversum geraten«, stammelt sie, »eben hat er noch am Computer experimentiert, und jetzt ist er weg.«

»Hat er mein Handy mitgenommen?«

»Ich weiß nicht. Er hat sein komisches Programm aufgerufen, und als ich ihm seinen Blasentee bringen wollte, lief nur noch dieser Hilferuf über den Bildschirm.« Ilse scheint einer Ohnmacht nahe.

»Hilferuf?«

»Holt mich hier raus. Ich bin in einem Paralleluniversum gefangen.«

»Hast du mal die Returntaste gedrückt?«

»Ich hab doch davon keine Ahnung. Was soll ich denn jetzt nur machen?« Sie legt bekümmert die Hände vor den Mund, und ich dränge an ihr vorbei, bevor sie losflennen kann. Der Stuhl vor Günthers Bildschirm ist leer, der Hilferuf wandert als billige Courierschrift ununterbrochen die Mattscheibe entlang. Günther ist nicht da, ohne Zweifel. Mein Handy auch nicht.

»Ich muß dringend telefonieren«, sage ich zu Ilse, die leise seiernd hinter mir ins Zimmer tritt. Wortlos fingert sie eine Telefonkarte aus der Tasche ihrer Kittelschürze und reicht sie mir. »Ob ich ihn jemals wiedersehe?«

»Sicher«, meine ich beruhigend, »spätestens, wenn der kleine Hunger kommt.« Dann stürme ich die restlichen Stufen nach draußen und stehe in der Knaackstraße. Sie ist leer. Die meisten Arbeitslosen schlafen noch. Eine Querstraße weiter erreiche ich die Telefonzelle. Doch bevor ich Ilses Karte in den Schlitz schieben kann, klingelt es. Verwundert nehme ich den Hörer ab. »Hallo?«

»Ich sehe dich«, tönt es mir frohlockend entgegen. Günther.

»Telefonierst du etwa mit meinem Handy?«

»Klar. Womit denn sonst?«

»Bist du verrückt? Weißt du, was das kostet?«

»Bleib ruhig. Ich denke, du hast 'ne City-Option? Neunundzwanzig Pfennig.«

»Aber doch nicht aus einem Paralleluniversum.«

Für einen Moment ist es ruhig. »Hör mal«, errege ich mich, »ich weiß Bescheid. Ilse hat mir erzählt, was passiert ist. Sie macht sich Sorgen. Außerdem brauche ich ...« Ein Klopfen unterbricht mich. Gegenüber der Telefonzelle, in Frischkes

Steakhaus, hämmert Günther von innen gegen die Scheibe und winkt mir fröhlich zu. Ich hänge den Hörer ein, überquere die Straße und setze mich zu ihm. Ich mag Frischkes Steakhaus nicht. Es ist teuer und zeichnet sich durch unhöfliche Bedienung aus, besonders Leuten wie mir und Günther gegenüber. Günther aber scheint sich wohl zu fühlen. Glasigen Auges grinst er mich an. Vor ihm steht eine Flasche Champus. Dom Perignon. 68er. Südhang.

»Es hat geklappt«, erklärt er stolz, »hier, greif zu. Trink auf meinen Erfolg.« Ich zögere, doch gießt er sein Glas voll und schiebt es zu mir herüber. Der Champus schmeckt teuer. Seifig. Ich frage mich, wie sich jemand, der sich kein Telefon leisten kann, Dom Perignon leisten kann. Vor allem einer wie Günther. »Was hat geklappt?«

Günther sieht sich verschwörerisch um. »In eine Parallelwelt zu verschwinden«, erklärt er leise.

Ich werde skeptisch. »Wieso kann ich dich eigentlich sehen?«

Er antwortet nicht, wirft mir nur einen unheimlichen Blick zu. »Wir sind nicht allein hier draußen«, raunt er dann.

»Hier draußen?« hauche ich zurück und nehme einen weiteren Schluck. Irgend etwas stimmt mit Günther nicht. Er kriecht dichter an mich heran. »Es gibt so viel zwischen Himmel und Erde, wovon wir noch nichts wissen, nicht wahr?«

Ich nicke ehrfürchtig und Günther senkt seine Stimme noch ein wenig tiefer. »Das meiste davon ist aber wahr.«

Er lehnt sich zurück und ich atme tief durch, nicht ganz sicher, ob ich ihn verstanden habe. »Du hast tatsächlich ein Paralleluniversum entdeckt?«

Günther winkt beschwichtigend ab. »Ob es gleich ein ganzes Universum ist, weiß ich nicht. Zumindest gibt es ein zweites Berlin. In einem Paralleluniversum.«

»Ein zweites Berlin? Eine zweite Knaackstraße? Eine zweite Stargarder? Ein zweites Steakhaus?«

»Alles doppelt. Total identisch. Nur anders.«

»Dann gibt es uns ...«, ich stocke kurz, »uns auch doppelt?«

Günther nickt, erleichtert darüber, daß ich verstanden habe. »Haargenau.«

»Mich gibt es doppelt?«

»Es gibt einen zweiten Peter Struwel. Einen, der genau wie du jeden Morgen auf dem Fruchthof Bananen durch die Gegend fährt. Hast du denn nie das Gefühl gehabt, alles schon mal erlebt zu haben?«

Ich grübele. Ein zweiter Peter Struwel als Gabelstaplerfahrer auf dem Fruchthof würde viel erklären. Zumindest wüßte ich jetzt, wo meine zweite Steuerkarte geblieben ist. Und Dinge, die ich verlegt habe und nie wiederfand. Wahrscheinlich liegen sie im Paralleluniversum. »Schön und gut«, meine ich dann plötzlich ernüchtert, »wo aber ist der praktische Nutzen deiner Entdeckung? Kann ich mit meinem Doppelgänger Kontakt aufnehmen?«

Günther macht eine überhebliche Handbewegung. »Mit solchen Kinkerlitzchen gebe ich mich nicht ab. Kein Tischerücken oder Geisterbeschwörung oder so. Nein, ich bin einen Schritt weiter gegangen.«

»Was hast du gemacht?« frage ich tonlos.

Günther holt Luft. »Ich habe uns transformiert.«

»Uns? Nach drüben?«

Günther nickt. »Verstehst du, deshalb mußte ich mir auch diesen Intel-Prozessor holen.«

»Du hast uns in ein Paralleluniversum geschleudert?« Empört springe ich auf, doch rasch zieht mich Günther auf den Sitz zurück. »Jetzt nicht durchdrehen, ja!« herrscht er mich an. »Ich kann alles wieder rückgängig machen. Wenn du so herumschreist, wirst du nur eine Panik auslösen.«

Doch ich will mich nicht beruhigen. »Heißt das, ich kann hier jeden Augenblick um die Ecke kommen? Oder werde vielleicht rausgeschmissen, weil ich morgens schon im Fruchthof bin? Und wie geht das weiter? Hast du auch die Bullen verdoppelt? Und die U-Bahn-Kontrolleure? Etwa alle Menschen?«

»Quatsch!« Günther macht ein ärgerliches Gesicht. »Hälst du mich für so verantwortungslos? Stell dir vor, was das für ein Chaos gäbe. Zwei Bundeskanzler, zwei Diepgens, sechs Opernhäuser und so weiter. Ich habe natürlich unsere Doppelgänger aus dem Parallel-Berlin auch transformiert. In die reale Welt. Zu uns.«

Das war typisch Günther. Ich blicke ihn sauer an. »Du hättest wenigstens vorher fragen können. Man müßte dich anzeigen, ehrlich.«

»Was beschwerst du dich, verdammt nochmal? Vielleicht ist hier ja alles besser. Schau es dir doch erstmal an.«

»Ich mag keine Veränderungen«, antworte ich verärgert. »Bring mich sofort zurück.«

Die Chefin kommt heran. »Na, Jungs, wollt ihr mal meinen neuen Kuchen probieren?« Sie stellt uns zwei Stück Blaubeerkuchen auf den Tisch. »Na, los, greift zu«, sagte sie, als sie meinen erstaunten Blick sieht. »Geht aufs Haus.« Sie lacht und verschwindet. Günther sieht mich mehrdeutig an. »Ich sage dir, schau es dir an. Wenn du dann immer noch zurück willst, werde ich dich wieder hinübertransformieren.«

Verwirrt nehme ich den Kuchen ein. Er schmeckt hervorragend.

»Ich brauche meine Zeit«, erkläre ich Günther, »gib mir eine Stunde, okay?« Günther nickt.

Benommen stehe ich auf und gehe nach draußen. Es ist wirklich wie bei uns. Allerdings ziemlich diesig. Bläulicher Rauch zieht sich bis auf den Boden hinunter. Das Wetter ist schon mal nicht so gut im Paralleluniversum. Ein kompletter Löschzug fetzt mit Martinshorn vorbei. Gut zu wissen, daß es im Paralleluniversum auch die Feuerwehr gibt. Ich gehe langsam nach Hause. Frau Pettenkofer kommt mir entgegen und zieht ihren Dackel Lumpi hinter sich her. »Morgen, Herr

Struwel«, grüßt sie freundlich, »ich habe Ihre Mülltüte entleert, die Sie gestern im Hausflur vergessen haben. Außerdem stelle ich meinen Einkaufsrolli jetzt immer in die Wohnung. Dann hat Ihr Fahrrad Platz. Das mit dem Hochschleppen ist ja doch 'ne Qual.«

Ich bin fassungslos. »Danke«, stammele ich, »wenn ich auch mal was für Sie tun kann ... einkaufen oder so.«

»Ach, wenn Sie mir dann fünf Eier mitbrächten. Ja, das wäre nett. Aber nur, wenn es Ihnen nicht zu viel Arbeit macht.«

Ich nicke und sehe ihr nach, bis Lumpi kackt. In den Rinnstein, nicht mitten auf dem Gehweg wie sonst. Günther hat Recht. Und ich habe ich es immer schon geahnt. Irgendwo da draußen gibt es ein anderes Berlin. Ein nettes. Ich beschließe, Frau Pettenkofer sechs Eier mitzubringen. Und nur fünf zu berechnen.

Winnetou und das Halbblut Werner

»Ich glaube, die haben Winnetou aufgetaut«, sagte meine Oma beim Kaffee, was dazu führte, daß ich mich verschluckte und beinahe an einem Käse-Sahne-Stück elendig eingegangen wäre.

Zum Beweis hielt sie mir die ›Frankfurter Allgemeine‹ hin, deren Schlagzeile tatsächlich »WINNETOU LEBT« war. Wie ich der Unterschrift entnehmen konnte, war es deutschen Wissenschaftlern gelungen, den Indianerhäuptling aus den Schweißresten eines Fingerabdruckes auf seiner berühmten Silberbüchse durch sogenanntes Klonen neu zu erschaffen, woraus meine Oma auftauen machte, weil das noch am ehesten in ihr technisches Weltbild paßte.

Da ich als Inhaber eines Spirituosenfachgeschäftes jedoch über eine gewisse geistige Reife verfüge, ließ ich mich weder von einer Zeitung foppen, noch störte es mich, daß meine Oma Klonen für Auftauen hielt.

»Da haben die sich aber eine wunderbare Geschichte ausgedacht«, sagte ich zu ihr und hielt meinen überzeugten Blick auch dann noch aufrecht, als sie mich mit großen Kinderaugen ansah. »Meinst du? Ja, dürfen die denn sowas schreiben, wenn es nicht stimmt?«

»Die dürfen alles«, erwiderte ich lapidar.

Es irritierte mich zwar, daß das Fernsehen am Abend ebenfalls davon berichtete, doch erst, als am darauffolgenden Tag meine Mutter beiläufig erwähnte, wie gut es wäre, daß Winnetou jetzt wieder da sei, wurde mir die Sache zu bunt.

»Was meinst du damit, wie gut es ist, daß Winnetou jetzt wieder da ist?«

»Na, er hat doch immer etwas Gutes getan und war nett zu seinem Volk, soviel ich weiß. Es ist einfach schön, daß es wieder solch einen edlen Menschen gibt. Einen, dem man vertrauen kann.«

»Mutter, jetzt fang du nicht auch noch damit an. Glaub doch nicht alles, was dir erzählt wird. Winnetou ist wieder da. Du meine Güte. Wir sind doch nicht im Märchen.«

»Papperlapapp, erzähl du mir nicht, was ich glauben soll oder nicht. Ich habe die Bilder im Fernsehen gesehen. Und heute morgen ist ein Riesenbericht im ›Spiegel‹. Alle Welt redet davon. Unser Forschungsminister spricht von einem Meilenstein in der Genforschung. Vielleicht holen sie ja auch Old Shatterhand.«

Befangen sah ich mich nach einer versteckten Kamera um. Versuchte man mich hereinzulegen? Oder drehten alle durch, und nur ich blieb der einzig Vernünftige?

Ich konnte mir nicht verkneifen am nächsten Morgen einen ›Spiegel‹ zu erstehen. »INDIANERHÄUPTLING GEKLONT – WISSENSCHAFTSBEIRAT LEGT BEWEISE VOR« stand als Überschrift über dem mehrseitigen Bericht, den ich im Stehen verschlang. So unglaublich es klang, so selbstverständlich kam es daher. Doch konnte es wahr sein? Konnte auf der einen Seite über die Wiedergeburt eines Indianers berichtet werden und auf der nächsten über Preissteigerungen bei Graubrot? Gedankenverloren ließ ich meinen Blick über die vorbeihastenden Menschen gleiten, und der Gedanke an die Unsterblichkeit beflügelte meine Phantasie. Bis mein Blick an einer Straßenuhr hängenblieb, deren kleiner Zeiger gerade auf die Neun sprang. Was tat ich? Ich stand hier, zeitungslesend, gedankenverloren, und verpaßte die Öffnungszeit meines eigenen Geschäftes. Panisch stiebte ich los. Noch nie in den Jahren meiner Selbständigkeit war ich zu spät gekommen. Ich, der den Kunden noch als König betrachtete.

Als ich einigermaßen naßgeschwitzt in die Libauer Straße einbog, stand tatsächlich schon ein Kunde vor meinem Laden, wenn auch kein Königskunde. Bei seinen Freunden hieß er Siffi, das hatte ich bereits mitbekommen. Siffi zahlte jedesmal bar und kaufte immer nur so viel, wie er noch draußen vor der Tür austrinken konnte.

Ich half ihm die drei Stufen hinauf ins Geschäft, wo er sich leicht schwankend an einer Osborne-Reklame festhielt, und entnahm seiner undeutlichen Aussprache, daß es vom Billigsten das Meiste sein sollte. Also wieder der Verschnittverschnittverschnitt, mit dem unschlagbaren Verhältnis vom Alkoholgehalt zum Preis. Mich bedankend zog ich das Fünfmarkstück von seiner klebrigen Hand, löste die andere vorsichtig vom Osborneständer und führte ihn behutsam hinaus.

Dann erst zog ich die Rollos hoch. Die Sonnenstrahlen fielen gleißend auf meine Kreativdekoration. Es war Sommer, ich war fünfundvierzig und unabhängig, wenn man mal von meiner Mutter absah, die meinen Laden finanziert hatte: Peters Spirituosen-Paradies. Zu erwähnen wäre da noch Harald, mein Freund. Konnte man schöner leben? Ich machte das Radio an, was ich sonst nie tat, doch heute war mir danach zumute. Etwas drängte mich, Nachrichten zu hören. Natürlich nicht wegen Winnetou.

»Ob man den Indianer schon interviewen könnte«, war das erste, was mein Radio sagte. Es übertrug einen Bericht aus dem Forschungszentrum, wo diese Rekonstruktion angeblich stattgefunden hatte. Ein Professor antwortete. »Natürlich kann man ihn noch nicht interviewen. Aber nicht, weil er nicht sprechen kann, im Gegenteil. Wir haben fast alles so hingekriegt, wie es dem Original entspricht. Aber es ist von uns niemand in der Lage, indianisch mit ihm zu reden, weil wir die Sprache nicht beherrschen.«

»Wo lebt er zur Zeit?« fragte der Reporter.

»Wir haben ihn in Sachsen-Anhalt, in der Nähe von Lübtheen, in ein großes umzäuntes Wisentgehege gesteckt. Das entspricht unserer Meinung nach am ehesten seiner Heimat, und wir glauben, daß er sich dort recht wohl fühlt.«

»Kann es denn nicht passieren, daß er ausbricht? Immerhin ist er ein Wilder und könnte leicht zur Gefahr werden.«

»Nein, nein. Da kann ich Sie beruhigen. Der Zaun ist von Pioniereinheiten der Armee um mehrere Meter vergrößert worden.

Außerdem dürfen Sie nicht vergessen, daß es sich hierbei um einen edlen Häuptling handelt, einen, der stets hehren Zielen gefolgt ist. Der Zaun dient vielmehr seinem eigenen Schutz. Sie wissen ja, Souvenirjäger und so.«

»Erzählen Sie unseren Hörern noch rasch, wie er so lebt und was er den ganzen Tag macht.«

»Tja, also, momentan ist er noch dabei, seine Umgebung zu erkunden. Das ist ein Urtrieb, wie wir heute wissen. Irgendwann wird er dann auch das Pferd finden, das wir mittlerweile in das Gehege gebracht haben. Sein eigenes ist es leider nicht, von dem haben wir keine Schweißreste gefunden. Wir sind allerdings dabei, eine angeblich echte Pferdekotkugel Iltschis auf klonbare Substanz hin zu untersuchen.«

»Ist er nicht verwirrt? Immerhin war er für Jahrzehnte ein Schwitzfleck.«

»Winnetou ist von wacher Intelligenz. Den Lendenschurz zum Beispiel hat er schon begriffen, nur hat er gestern versucht, seinen Wigwam aufzuessen. Es sind halt noch ein paar Kleinigkeiten zu verbessern, aber daran arbeiten wir, und er macht täglich Fortschritte. Ein Problem bereitet uns jedoch die Tatsache, daß er offensichtlich sein Volk sucht. Von denen haben wir weder Schweißreste noch Kotkugeln. Das scheint ihn traurig zu stimmen, obwohl er nie weint, denn Indianer kennen ja bekanntlich keinen Schmerz und somit auch keine Tränen. Natürlich versuchen wir das Problem mit seinem Volk schnellstens in den Griff zu bekommen. Die Festspielleitung in Bad Segeberg hat zugesagt, einige Komparsen zur Verfügung zu stellen, bis wir richtige Indianer angeschafft haben.«

»Werden Sie ihm sein Gewehr zurückgeben?«

»Das halte ich sogar für sehr wichtig. Die Polizei bestand anfänglich auf einem Waffenschein, doch wir sind der Meinung, daß hier die Rechtsprechung aus der Indianerzeit anzuwenden ist, nach der Waffenbesitz ja erlaubt war. Bis das entschieden ist, lassen wir das Gewehr von einem Waffenmeister überholen; wissen Sie, es ist ja schon lange nicht mehr mit ihm geschossen worden.«

Das Interview wurde durch Musik unterbrochen, und eine Stimme im Off riet allen Hörern dranzubleiben, um die Fortsetzung nicht zu versäumen.

Ich konnte mich kaum noch auf meine Arbeit konzentrieren. Ich glaubte es noch immer nicht. Selbst wenn es möglich wäre, jemanden aus seinem Schweiß neu entstehen zu lassen, so habe ich Winnetou bislang nur für eine Romanfigur gehalten, also etwas, das nie wirklich existiert hat. Warum wurde danach nicht gefragt?

Ich suchte die Telefonnummer des Radiosenders heraus. Vielleicht war ich ja tatsächlich der erste, der diesen doch recht wichtigen Punkt zur Sprache brachte. Aufgeregt wählte ich und ließ mich mit der Redaktion verbinden.

Dem Redakteur, der sich mit Schmidthuber meldete, trug ich meine Erkenntnis vor, nämlich, daß es Winnetou immer nur auf Papier oder in Filmen gegeben hatte.

»Können Sie das beweisen?« fragte der Redakteur.

»Natürlich nicht, aber jedes Kind weiß das.«

»Nur weil es von jemandem eine Buchreihe gibt, heißt das doch nicht gleich, daß er nie existiert hat. Von Luis Trenker gibt es auch jede Menge Bücher, wollen Sie da behaupten, Herrn Trenker hätte es nie gegeben?«

»Nein, natürlich nicht, aber ...«

»Na, also, überlegen Sie es sich das nächste Mal vorher, ob Sie unsere stets sorgfältigen Recherchen in den Dreck ziehen wollen.«

Der Hörer wurde aufgeknallt und ich sah verdattert auf mein Telefon. Wenngleich ich das Gefühl hatte, in eine rhetorische Abseitsfalle gelaufen zu sein, konnte ich mich dieser Argumentation nicht völlig verschließen. Warum sollte es Winnetou nicht gegeben haben? Daß es Indianer gab, ist unbestritten, und wenn von denen nun einer Winnetou hieß ...?

Der Tag verlief mit üppigem Umsatz. Alles war gut. Ich war zufrieden und vermißte dennoch etwas. Mehrmals ertappte ich mich dabei, wie ich sinnierend neben mir stand. Gegen abend kam dann noch Harald und wollte mit mir ins International, doch mir war nicht nach Kino. Und auch nicht nach Harald. Ich wollte einfach nur meine Ruhe haben. Nicht wegen Winnetou. Gewiß nicht. Denn eigentlich war mir völlig egal, ob die einen Indianer neu geschaffen hatten oder nicht. Letztlich waren es doch nur Wilde. Urmenschen, die mit ölig glänzenden Körpern vor Lagerfeuern saßen, mit nicht mehr bekleidet als einem Lendenschurz. Fast nackt saßen sie da vor ihren Lagerfeuern. Öliggänzend. Nur ein Lendenschurz. Wahrscheinlich rieben sie sich das Öl gegenseitig auf die Muskeln. Wo lag das Indianerdorf? In der Nähe von Lübtheen?

Nachdem Harald schmollend fortgeschlichen war und ich den Laden geschlossen hatte, eilte ich nach Hause. Solange meine Mutter beim Eishockeytraining war, konnte ich unbemerkt die Straßenkarte aus ihrem Kadett nehmen.

Im Schein einer kleinen Taschenlampe suchte ich dann nach Lübtheen. Ein kleiner Ort zwischen Rognitz und Sude und nicht allzu weit von Bienenbüttel entfernt. Was für ein Zufall. In Bienenbüttel fand am Wochenende die ›ALCOHOLICA 2000‹ statt, die Messe für den bewußten Trinker. Ich wollte ohnehin zur Messe; was sprach dagegen, auf dem Rückweg an diesem angeblichen Indianerreservat vorbeizufahren und zu schauen? Nur mal zu schauen?

Mutter klopfte unwirsch gegen die Scheibe: »Was machst du hier?« Sie war früher als sonst vom Training zurück und in die Garage gekommen, um ihre naßgeschwitzten Eishockeysachen auf die Wäscheleine zu hängen. Wie oft man sie klonen könnte.

»Ich schaue mir nur an, wie man nach Bienenbüttel zur Messe kommt, die ist doch am Wochenende, und ich wollte hinfahren.«

Es ist nicht leicht, meine Mutter von der Notwendigkeit zu überzeugen, mir ihren Kadett zu leihen. Schon gar nicht wegen eines Messebesuches. Sie versteht von solchen Dingen nichts. Sie meint, erstmal müßten die alten Sachen verkauft werden. Es kostete mich einige Mühe, doch als ich ihr Wadenwickel machte, willigte sie ein. »Aber wehe, es ist auch nur ein Kratzer dran.«

Alles entwickelte sich prächtig. Ich fühlte mich aufgeregt wie damals, als ich mit Dieter eine Fallgrube im Garten unseres Nachbarn ausgehoben hatte und wir auf die Überreste seiner Großmutter gestoßen waren. Wieder galt es, ein Abenteuer zu bestehen. Hatte ich nicht immer schon Winnetou bewundert? Diese edle Rothaut. Meine Zweifel waren verschwunden. Ich sehnte mich nur noch danach, ihm gegenüberzustehen: ihm, mit seinen langen schwarzen Haaren und dem Lendenschurz auf ölig glänzender Haut.

Niemand sollte etwas von meinem wahren Vorhaben erfahren. Meine Mutter nicht, und Harald erst recht nicht. Samstag früh würde ich mich leise pfeifend auf den Weg machen und Sonntag abend zurückkommen. Dafür wollte ich sogar auf mein geliebtes Sonntagsfrühstück in Haralds Garten verzichten.

Am Abend kramte ich das Moskitonetz aus der Hängebodenkiste und hängte es über mein Bett. Ich nahm ein Moschusduftwannenbad und ging dann schlafen. Und träumte von Indianern und Cowboys. Und von Moschusochsen.

Es war ein schöner Tag. Ich stand früh auf und machte mich alsbald auf den Weg. Die Sonne ging gerade auf und ließ den Tau auf den Straßen verdampfen. Ich fühlte mich um Jahre verjüngt. Dieser Tag war wie geschaffen, um auf Entdeckungsreise zu gehen. Allerdings – auch wenn ich die Messe als Vorwand nahm, um von zu Hause wegzukommen, war sie doch notwendig. Ich vergaß bei all meiner Abenteuerlust nicht, daß ich Unternehmer war und Verantwortung für meine Kundschaft trug.

Derart verantwortungsbewußt stöberte ich über die Messe in Bienenbüttel, die in einer Mehrzweckhalle ihr alljähriges Domizil gefunden hatte. Sorgfältig studierte ich das Angebot und lud den Kadett mit Spezialitäten voll, bis sich seine Hinterräder leicht zur Seite spreizten. Kurz vor Messeende machte ich mich auf den Weg. Jetzt begann der aufregende Teil des Tages.

Je näher ich dem Örtchen Lübtheen kam, desto mehr grummelte es in meinem Bauch. Wenn noch andere auf den Gedanken gekommen waren, den Indianer zu beobachten, dann würden sie jetzt, da es Abend wurde, wahrscheinlich schon zu Hause sein.

Ich brauchte nicht lange zu suchen. Schon von weitem war der hohe Zaun zu erkennen, von dem im Radio erzählt worden war. Ein kleiner Feldweg führte an ihm vorbei. Tapfer rumpelte der Kadett mit seiner schweren Fracht über die holprige Strecke, entlang des Zaunes, jenseits dessen es nichts als Gegend gab. Ein paarmal hielt ich und stieg aus dem Wagen. Einzelne Strohbüschel kamen angeweht, blieben am Zaun hängen und wurden weitergetrieben. Sand stiebte in Wirbeln hinterher. Keine Spur von Winnetou.

Als es dämmerte, schaltete ich die Schweinwerfer an. Der Lichtkegel beleuchtete den Zaun und verlor sich auf der anderen Seite im Nichts. Ich fing an vor mich hin zu träumen. Davon, daß Winnetou auf einmal auftauchen, seine rechte Hand zum Gruße ans Herz legen und mit mir dann die Friedenspfeife rauchen würde oder was auch immer.

Plötzlich knallte es fürchterlich. Irgend etwas war auf die Kühlerhaube gefallen. Meine Hände krallten sich um das Lenkrad. Mit weit aufgerissenen Augen sah ich in die ebenfalls weit aufgerissenen Augen eines auf der Haube hockenden Indianers. Offensichtlich war er über den Zaun geklettert und hatte sich in dem Moment fallengelassen, als ich vorbeifuhr. Sein Gesicht war zu einer Fratze verzerrt, und sein wilder Atem hauchte die Windschutzscheibe blind. Keine Ahnung, wie lange wir gefahren sind. Irgendwann kam mir in den Sinn, daß ich ja eigentlich mal bremsen müßte, und instinktiv trat ich auf das Pedal.

Physikalisch gesehen fuhr der Indianer weiter, und obwohl er versuchte, sich in das Blech zu krallen, rutschte er mit quietschenden Fingernägeln von der Haube und fiel mit angsterfülltem Blick vor mein Auto.

Was dann geschah, ging so schnell, daß ich mich kaum daran zu erinnern vermag. Von überall her kamen plötzlich Indianer auf mich zugeheult. Sie hämmerten mit ihren Fäusten auf das Wagendach, rissen die Tür auf und zerrten mich heraus. Dabei schrien sie: »Er hat Winnetou getötet, er hat Winnetou getötet!«

Während ein paar von ihnen den vor meinem Auto liegenden Indianer packten, schubsten mich die anderen durch ein Loch im Zaun. Sie ließen mich vor sich herlaufen; ihr Geheul war so echt, so verdammt echt.

Das Gejohle ließ auch nicht nach, als wir alle in einem kleinen Tal ankamen, in dem Zelte standen, Tipis, die um einen Marterpfahl angeordnet waren. Nun war ich also Indianern begegnet, doch hätte ich unter den sich anbahnenden Umständen gern darauf verzichtet. Ich versuchte vergeblich, auf die Meute einzureden.

Zwei Hünen fesselten mir die Hände auf den Rücken und stießen mich in eines der Zelte. Undeutlich konnte ich durch einen Schlitz auf den Vorplatz gucken. Auch der Kadett war gefangen worden und wurde gerade krachend gegen einen Baumstumpf geschoben. Den geklonten Häuptling legten sie vorsichtig in einen Steinkreis, wo er sich langsam aufrichtete und sein Handgelenk betastete.

Plötzlich flog die Zeltluke beiseite. Eine Mischung aus Robin Hood und Indiana Jones trat herein.

»Da habt Ihr Euch was Schönes eingebrockt«, sagte die Mischung fast väterlich zu mir.

»Ich finde das nicht mehr lustig«, erwiderte ich sauer, »binden Sie mich bitte los, ich will nach Hause.«

»Ihr sprecht eine seltsame Sprache und benehment Euch, als wäre es Euch vergönnt, irgendwelche Rechte zu haben. Ihr erwartet Gnade, obwohl Ihr Winnetou, den großen Häuptling der Apachen, mit Eurem Mustang getötet habt.« Er sprach mit Hamburger Dialekt.

»Erstens ist das ein Kadett und kein Mustang«, antwortete ich, »zweitens ist Winnetou mir auf die Kühlerhaube gesprungen, und drittens lebt er noch, sonst würde er sich nicht bewegen.« Ich fand mich unheimlich schlagfertig, zuckte allerdings zusammen, als der Indianer, oder was immer das sein sollte, mich anschrie. »Schweigt! Wenn Winnetou überlebt, dann ist das nur der großen Kunst unseres Medizinmannes zu verdanken. Gleichwohl werdet Ihr am Marterpfahl sterben, so will es das Gesetz. Hugh, ich, Werner, habe gesprochen.«

Damit drehte er sich um und verließ das Zelt.

Etwas später wurde ich von zwei kräftigen Kerlen an der Schulter gepackt und hinausgebracht. Hinein in den Halbkreis der Krieger, die mich hämisch grinsend musterten.

Eigentlich war alles so, wie ich es mir immer gewünscht hatte. Kräftig gebaute Männer mit Lendenschurz und öligglänzender Haut. Eine Nummer zu weiß für Rothäute, aber vielleicht waren sie ja noch nicht fertig. Aus Indianerbüchern wußte ich, daß man keine Angst zeigen durfte, wollte man nicht respektlos angespuckt werden. In einem Anflug von Verwegenheit fragte ich daher laut: »Seid ihr alle Komparsen?«

Daß sie nicht reagierten, sondern nur weiter hämisch guckten, ließ mich allerdings wieder vorsichtig werden. »Wenn ihr wollt, schau ich mir mal das Handgelenk eures Häuptlings an, ich bin Sanitätshelfer, ich kann ihm bestimmt helfen.«

Eine Gasse bildete sich, durch die hindurch Winnetou und Werner auf mich zukamen.

Als Winnetou mich sah, deutete er auf mich. »Honka,

tonka, zunderlumps posledi permante«, stieß er aus. Dann trat er dicht an mich heran. Vorsichtig zog er mir meine Brille von der Nase und setzte sie sich selbst auf. »Sandungo moraleff pakatock gerano mo verda.« Und nach einer kleinen Pause: »Ponf!«

Dieses ›Ponf‹ hörte sich nicht besonders vertrauenerweckend an, zumal er dabei seine gesunde Hand in den Himmel stieß. Sofort fingen die anderen zu grölen an, und unter »Ponf-ponf-ponf«-Rufen wurde ich zurück ins Tipi gebracht.

Dann kam Werner mit drei weiteren Kriegern hinterher: »Ihr habt das Urteil gehört. Ponf. Wenn der Vollmond das zweite Mal am Himmel zu sehen ist, werden wir das Urteil vollstrecken.«

Ein hinter ihm stehender Krieger stieß ihn an: »Mensch, Werner, überleg doch mal, wir haben jetzt abnehmenden Mond, da müßten wir ihn noch zwei ganze Monate durchfüttern, ist doch Scheiße.«

Werner kratzte sich am Kopf. »Stimmt«, sagte er, »also gut, wenn der Mond zweimal am Himmel steht, egal wie, werden wir's machen, alles klar?«

Alles brummelte zustimmend durcheinander, bis Werner sie hinausschickte. Als er ebenfalls gehen wollte, hielt ich ihn am Schurz fest. »Könnte ich Euch einen Moment allein sprechen?«

»Habt Ihr noch einen letzten Wunsch?«

»Nein, ich will mich freikaufen. In meinem Wagen habe ich jede Menge Spirituosen, Ihr könnt sie behalten. Dafür laßt Ihr mich dann gehen. Okay?«

Werner verzog sein Gesicht zu einem Grinsen: »Ihr beginnt mir zu gefallen, Fremder. Ich werde sehen, was ich für Euch tun kann.« Dann trat er vor das Tipi: »Macht die Satteltaschen seines Mustangs auf und schaut nach, was drin ist«, hörte ich ihn rufen.

»Der Schlüssel steckt«, rief ich aus dem Zelt, aber da war auch schon das Geräusch eines aufbrechenden Kofferraumdeckels zu hören. »Feuerwasser«, riefen die Indianer erfreut, und sofort entstand wieder wildes Gejohle. Alle stürmten zum Auto und bedienten sich an meinen Messeneuheiten.

Es wurde ein lustiger Abend, und die Wilden machten sich einen Spaß daraus, auch mich abzufüllen. Sie wollten mich betrunken machen, zu welchem Zweck auch immer. Jedenfalls bekam ich anderthalb Liter später nichts mehr mit.

An einen Pfahl gebunden wachte ich wieder auf. Es war schon Tag, und die Sonne brannte mir auf den Kopf. Da ich keine Brille mehr hatte, erkannte ich nur undeutlich, was um mich herum geschah. Ein paar Krieger krabbelten betrunken durch die Gegend, andere schnarchten.

»Werner«, rief ich, »Werner.«

Doch lange Zeit tat sich nichts. Nur einmal trat ein Köter heran und versuchte gegen den Stamm zu pinkeln, traf aber nur mein Bein.

Wie aus dem Nebel kamen dann zwei Gestalten auf mich zu. Je näher sie kamen, desto mehr tauchten sie aus der Verschwommenheit auf, und ich erkannte in einer der beiden Gestalten Werner. Der andere war mit einem dunklen Zweireiher-Nadelstreifenanzug bekleidet und hatte einen Diplomatenkoffer in der Hand. Ich atmete erleichtert auf. Er war offensichtlich ein Vertreter der Regierung; er würde mich hier rausholen.

»Guten Tag«, sagte der Nadelstreifenmann, »ich bin Indianerbeauftragter des Landes Sachsen-Anhalt und habe von Ihrem kleinen Mißgeschick Kenntnis erhalten.«

»Endlich kommt hier jemand«, beschwerte ich mich, »sorgen Sie bitte dafür, daß ich losgebunden werde und nach Hause kann.«

»Tja, ganz so einfach ist das nicht.« Der Regierungsvertreter wirkte zerknirscht, »ich fürchte fast, wir habe keine Möglichkeit, Sie hier rauszuholen. Wir können wegen eines einzigen Mannes keinen Indianerkrieg anzetteln.«

Ich glaubte, nicht richtig gehört zu haben. »Hören Sie, die wollen mich töten, da müssen Sie einfach etwas unternehmen, wo leben wir denn? Ich soll ermordet werden. Das geht doch nicht.«

»Nein, nein«, verbesserte er mich, »formaljuristisch ist es kein Mord. Man will sie meinem Kenntnisstand zufolge erst langsam in der Sonne austrocknen lassen und dann skalpieren. Das wäre allenfalls Körperverletzung mit Todesfolge. Und wenn herauskommt, daß die Täter zur Tatzeit betrunken waren, und das sind sie ja wohl, dann kommt höchstens, also allerhöchstens eine Bewährungsstrafe dabei heraus. Das lohnt sich nicht.«

»Was lohnt sich nicht? Mich vor diesem Irrenhaufen zu retten lohnt sich nicht? Wozu zahl ich denn Steuern? Ich bin ein Bürger, ein angesehener Spirituosenhändler, ich ...«

Der Regierungskurier blickte sich vielsagend um. »So, so, Sie sind also Spirituosenhändler. Vielleicht haben Sie das alles hier«, er beschrieb mit dem Arm einen Bogen, »selbst zu verantworten. Alkoholschmuggel. Profitgier auf Kosten ethnischer Minderheiten. Das kann ganz böse Folgen für Sie haben. Ich kann Ihnen nur raten, sich einen guten Anwalt zu suchen. Aber viel Hoffnung habe ich nicht. Und nun entschuldigen Sie mich bitte, ich muß noch ein Klärwerk einweihen.«

Werner zuckte mit den Schultern, als wolle er sagen, Pech gehabt, kann passieren, und ging mit dem anderen in die Verschwommenheit zurück.

Die Sonne wurde heißer und ich dörrte vor mich hin. In einigen Metern Entfernung lief Winnetou an mir vorbei. »Honka, tonka«, brüllte ich. Er wechselte seinen Schritt und trat mit glasigen Augen auf mich zu. Die Brille wirkte fehl in seinem Gesicht. Das war er also, der große Winnetou. Geklont aus seinen eigenen Schweißresten. Was sagt man in einer solch einmaligen Situation? Kann ich ein Autogramm haben? Wie geht es deiner Mutter? Ißt du gern Labskaus?

Wenn meine Lage nicht so verzweifelt gewesen wäre, hätte ich all dies gern gefragt. So aber mußte ich irgend etwas finden, was ihn veranlassen würde, sein Ponf gegen mich aufzuheben. Und wie eine Erleuchtung kam mir die Eingebung. Versuch es mit Liebe, dachte ich bei mir. Was hast du zu verlieren? Ich formte meine Lippen zu einem sinnlichen Kuß. Dann ließ ich das passende Geräusch dazu ertönen. Schmatz! Sehnsuchtsvoll sah ich ihn mit Mischlingsrüdenhundeaugen an.

Winnetou legte den Kopf schief und schaute verdutzt. Dann versuchte auch er die Lippen zu einem Kuß zu formen. Ich wiederholte meinen Kuß. Schmatz! Mit aufmunternden Blicken verfolgte ich seine Bemühungen. Und dann. Ein kleines schwaches »Schmatz« kam von seinen Lippen. »Bravo«, lobte ich und warf ihm einen noch sinnlicheren Kuß zu. Schmatz! Sofort erwiderte er ihn. Und Schmatz, schmatz, schmatz gingen unsere Küsse hin und her.

Dann leckte ich mir langsam über die Lippen. Meine Augen veränderten sich zu einem lüsternen Blick. Auch das versuchte er nachzumachen. Schmatz, leck, Schmatz, leck. Mir wurde mulmig. Wo nahm diese Rothaut nur soviel Sinnlichkeit her? Wenn ich doch nur an sein Ohrläppchen käme. Aber beugte ich meinen Kopf nach vorne, zog er seinen zurück und schmatzte mir zu.

Er versuchte mit mir zu spielen, dieses Luder. Unser Lecken und Schmatzen wurde immer wilder, und irgendwann bekam ich einen trockenen Mund. Die anderen Indianer waren zögernd zu uns herangetreten und starrten uns beide an. Ein kleiner Moment der Unachtsamkeit, als ich einen seiner Schmatzer nicht erwiderte, weil ich die Zunge vor Trockenheit kaum noch bewegen konnte, nutzte Winnetou, um ein triumphierendes »Ponf!« ertönen zu lassen. Entsetzt zuckte ich zusammen. Warum das jetzt? Wo wir uns so viel gegeben hatten. Warum jetzt dieses Ponf?

»Ja, ja, du edler Häuptling«, schrie ich wütend. »Gib mich den Schergen preis, schick mich in den Tod, verleugne deine Gefühle. Ich sehe doch in deinen Augen, was los ist.«

Die anderen blickten betreten zu Boden. Einige scharrten mit den Mokkassins im Sand oder rieben sich ihre Fingernägeln und pfiffen leise vor sich hin. Winnetou fing an, an meiner Brille zu knabbern.

Ich wurde immer wütender: »Ja, klonen wollt ihr alle können, aber die Verantwortung will keiner übernehmen. Ihr seid mir tolle Indianer. Da komm ich hierher mit den friedlichsten Absichten und bring euch das beste Feuerwasser, was es zwischen Havelland und Missouri gibt, und zum Dank befestigt ihr mich an eurem Marterpfahl. Mich, den Freund aller Rothäute. Ich habe sämtliche Karl-May-Bücher mindestens fünfmal gelesen und zigmal geheult, wenn du gestorben bist.«

»Honka, tonka?« fragte Winnetou.

»Honka, tonka, Honka, tonka, Honka, tonka«, äffte ich ihn nach, »ihr habt von meinem Tod doch überhaupt nichts. Ich bin noch nicht einmal eßbar. Und dabei könnte ich euch noch viel mehr Feuerwasser besorgen. Glucki, glucki«, fügte ich hinzu, damit auch Winnetou verstand.

Winnetou biß auf mein Brillenglas. Leise knirschend zerbarst es. Ein schwarzhaariger Jüngling trat an mich heran: »Könntet Ihr auch Flensburger Pilsner besorgen?« fragte er.

»Natürlich«, antwortete ich müde, »könnten Wir.«

Die Gruppe zog sich ein Stück zurück. Sie steckten die Köpfe zusammen und schienen zu beratschlagen. Ich konnte nichts verstehen, weil Winnetou mir wieder Schmatzer zuwarf.

Doch mir war nicht nach schmatzischmatzi. Er versuchte es mit Lippenlecken, aber auch das ließ mich kalt. Dann bewegte er ein paarmal die Nase wie ein Kaninchen, aber erst, als er mir einen Finger ins Ohr schob, regte sich etwas in mir. »Winnetou, laß das«, sagte ich gespielt böse, aber er schien zu merken, daß ich es nicht so meinte, und machte weiter. Dann steckte er mir auch noch einen Finger ins andere Ohr. Es machte ihm Spaß. Er nahm die Finger wieder heraus und hielt mir die Nase zu.

»Jetzt kann ich dich nicht mehr riechen, du kleiner Schlingel«, näselte ich, »aber paß auf, gleich beiß ich dich.«

Doch das ging plötzlich auch nicht mehr, denn er hielt mir nun auch den Mund zu. ›Jetzt ersticke ich doch gleich, mein kleiner Häuptling‹, dachte ich bei mir, und mein kleiner Häuptling schien das auch zu denken. Lächelnd nickte er mir zu.

Aus langsam hervorquellenden Augen sah ich, daß die anderen noch immer beim Beratschlagen waren. Meine Wangen zogen sich langsam nach innen und Winnetou versuchte die Drehungen meiner Pupillen nachzumachen.

Das war es also. Weil die anderen sich nicht zwischen Flensburger und Paderborner entscheiden konnten, würde ich hier krepieren. Ich sah meine Nasenspitze blau werden.

Kurz bevor mir schwarz vor Augen wurde, trat Werner heran.

»Na, gut«, hörte ich durch ein Rauschen hindurch, »wir nehmen Euer Angebot an. Ihr besorgt uns Feuerwasser, und wir schenken Euch eventuell das Leben.«

Winnetou ließ mich los und ich röchelte prustend.

»Was ist? Seid Ihr einverstanden?«

Als ich genug Luft für ein »Ja« hatte, stieß ich es zwischen meinen blauen Lippen hervor. Werner nickte. »So sei es. Aber einer von uns, nämlich ich, wird Euch begleiten, damit Ihr keine Kavallerie holt, ist das klar?«

»Ist klar«, keuchte ich, »keine Kavallerie, Ihr kommt mit, kein Problem, klar, Luft, Luft.«

Ich drängte zum Aufbruch. Wenn wir auf der Messe noch etwas kaufen wollten, so sagte ich, durften wir nicht zu spät losfahren. Das war nicht der wahre Grund, denn bis Bienenbüttel war es nicht weit. Doch je früher wir losfuhren, desto eher trafen wir unterwegs vielleicht eine Funkstreife oder sonstwen, der mir helfen konnte.

Der Kadett sah ziemlich ramponiert aus. Ich wühlte im Handschuhkasten nach der Ersatzbrille meiner Mutter. Familiär bedingt haben wir die gleiche Sehschwäche. Aber nicht denselben Geschmack. Meine Mutter steht auf große auffällige Brillen. Entweder mit Tigermuster oder mit Straß. Oder beidem. So wie diese hier. Ich setzte sie auf und konnte glucksende und prustende Indianergesichter erkennen. Welch edle Gesinnung.

Wir fuhren los. Werner saß auf dem Beifahrersitz und winkte den zurückbleibenden Kriegern zu. Durch das Loch im Zaun kamen wir auf die Landstraße, wo Werner das erste Mal seine Hand auf meinen Oberschenkel legte. »Na, bist ja noch mal davongekommen, wie es scheint. Ich komme übrigens aus Hamburg.«

Wie unromantisch. Alles Indianerhafte war von ihm gewichen. Seine Stimme schien die eines Hafenarbeiters zu sein. Seine Hand auch. »Jetzt, wo wir nicht mehr per Ihr sind: nehmen Sie bitte die Hand von meinem Schenkel. Meinen Sie denn, ich bin so einer?«

»Ja«, sagte er überzeugt, »ja, ich denke, daß du so einer bist.«

Ich ließ mir nichts anmerken: »Und Sie, sind Sie auch so einer?«

»Wer zur See gefahren ist, mein Lieber, ist auf jeden Fall ein wenig so einer.«

»Aber es heißt doch immer, ein Seemann hätte in jedem Hafen eine Braut.« Ich leistete erheblichen Widerstand gegen seine Annäherungsversuche.

»Stimmt! Aber auf See gibt es keine Bräute, da nimmt man, was man kriegt.«

Ein paar Kilometer später ließ er mich anhalten. »Ich muß mal«, sagte er und schlug sich in ein Gebüsch. Das war meine Chance. Ich sah mich um. Wenn doch nur jemand des Wegs entlangkäme. Einer, den ich auf meine Not aufmerksam machen konnte.

Ein leises Quietschen war zu hören, das langsam näher kam. Ein Pfarrer auf einem alten Damenfahrrad. Von Ort zu Ort unterwegs, um gehschwachen Menschen die Beichte abzunehmen oder ihnen die letzte Ölung zu geben. Mir war, als hätte Gott einen Boten geschickt. Ein Geistlicher war wie kein zweiter in der Lage, heidnische Wilde zu bekehren.

Ich kurbelte das Fenster herunter: »Reverend«, rief ich, »Reverend. Bitte halten Sie, ich brauche Ihre Hilfe.«

Der Geistliche hielt und schaute mich mißtrauisch an. »Reverend«, wiederholte ich, »ich bin von Indianern überfallen worden, bitte holen Sie den Sheriff. Schnell, mein Bewacher ist gerade auf die Toilette gegangen.«

Der Pfarrer kam ans Auto, betrachtete meine Brille und legte seine Hand auf meine Schulter: »Sei gesegnet«, sagte er kurz, setzte sich wieder auf sein Rad und fuhr davon.

Ich war verloren. Werner kam zurück, schwang sich ins Auto, und niedergeschlagen fuhr ich weiter.

Wie gestern erstand ich in Bienenbüttel einige hundert Liter alkoholischer Köstlichkeiten. Die Einkäufe gingen recht schnell. Ohne große Lust griff ich wahllos aus den Angeboten das Billigste heraus.

»Was hat denn mein kleiner Borkenkäfer«, fragte Werner mich auf der Rückfahrt, »hat er etwa Liebeskummer?«

»Ich habe keinen Liebeskummer«, sagte ich borkig, »ich will endlich wieder nach Hause. Ich habe keine Lust mehr auf Indianerspiele. Ihr seid gemein!«

»Wie du willst, aber Winnetou wird sehr traurig sein, wenn du nicht mehr da bist.«

»Winnetou wird nicht traurig sein. Er hat versucht, mich zu ersticken. Er hat mir Nase und Mund zugehalten, um mich zu ersticken. Ich wäre beinahe erstickt.«

Werner sah mich beeindruckt an. »Er hat versucht, dich zu ersticken? Ja, weißt du denn nicht, was das bedeutet?«

»Das bedeutet, daß ich beinahe gestorben wäre«, antwortete ich immer noch borkig.

»Nein. Das ist ein Liebesbeweis. Die Apachen haben damit ihre Liebe ausgedrückt.«

»Kein Wunder, daß sie dann alle ausgestorben sind. Sie haben sich gegenseitig erstickt.«

»Er hat doch rechtzeitig aufgehört. Für ihn war es ein Beweis deiner Liebe zu ihm, daß du deine Farbe verändert hast.«

Das klang unglaubwürdig. Dennoch glaubte ich in Winnetous Augen etwas entdeckt zu haben. Augen können nicht lügen. Ich geriet ins Grübeln.

»Glaubst du, er ist auch ein Verzauberter?« fragte ich Werner leise.

»Natürlich. Warum meinst du haben er und Old Shatterhand so oft zusammengehockt?«

»Ich kann mir gar nicht vorstellen, daß die beiden so richtig miteinander und so, also ich weiß nicht, glaubst du wirklich?«

»Na, logo, stell dir mal vor, Sonnenuntergang, Lagerfeuer, Trockenfleisch vom Grill, etwas Feuerwasser und nirgendwo eine Frau. Was meinst du, wie es da abgegangen ist?«

Mir wurde flümerig. Was, wenn Werner die Wahrheit sagte? Wenn Winnetou jetzt vor Trauer nicht mehr weiter wußte. Hatte ich nicht auch ihm durch mein Verhalten etwas versprochen? War ich nicht geradezu verpflichtet, bei ihm zu bleiben? Und war nicht gerade die Gewalt, die er an mir ausgeübt hatte, nur Ausdruck fehlgeleiteter Liebe? Ein schwacher Hilferuf von ihm: Lieb mich, laß mich nicht allein?

Natürlich, wenn ich mich jetzt auf ihn einließe, dann würde so einiges auf mich zukommen. Immerhin hatte er mehrere hundert Jahre Entbehrungen hinter sich. Wie ausgehungert nach Liebe muß jemand sein, der das letzte Mal 1846 oder so schmatzi-schmatzi spielen konnte?

Als wir mit dem Feuerwasser zurück ins Lager kamen, gab es ein Freudengeheul. Die Krieger stimmten es auf den Hügeln und in den Tipis an und der Gesang wurde von den Felswänden zurückgeworfen. Freundschaftlich wurde mir auf die Schulter gehauen. Jetzt gehörte ich dazu. Es war eine harte Prüfung gewesen, aber ich hatte sie bestanden.

Dann brachten sie Winnetou heran. »Schmatz«, machte er, als er mich sah. Schmollend sah ich beiseite. Er leckte sich die Lippen und ich wurde schwach. ›Bild dir bloß nichts ein‹, dachte ich.

Die Sonne war untergegangen und wir saßen um das Lagerfeuer herum. Trockenfleisch briet an langen Holzstöcken über den Flammen, ein leichter Südwind strich über die Hügel. Was für ein Leben. Winnetou lag mir zu Füßen und knabberte an meinen Zehnägeln. Eines Tages würde ich Harald nachholen. Werner würden wir adoptieren. Zwar war er ein Halbblut, aber das ist ja heutzutage modern.

Im flackernden Feuerschein konnte ich den Kadett grasen sehen. Ich beschloß, ihn zu behalten, bis die Wissenschaft mit dem Pferdeklonen soweit war. Vieles mußte neu werden in meinem Leben. Den Laden würde ich aufgeben. Er schien aus einer fremden Welt, aus einem fremden Leben zu stammen. Aus einer fremden Zeit.

Denn hier, in der Weite der unendlichen Prärie, war Zeit ein Faktor, der eine andere Dimension hatte. Was war noch wichtig? Diese Nacht gäbe es nur mich, Winnetou, die Indianer und die Prärie. Die Koyoten würden uns mit ihrem Gesang einlullen und das Sternenzelt mit tausend funkelnden Lichtern zur Ruhe betten.

Die andere Welt? Die war weit. Weit da draußen hinter dem Zaun. Nicht mehr als eine verschwommene Erinnerung. Nicht mehr als ein Flügelschlag der Zeit.

Träge, aber zufrieden schweben meine Gedanken durch das Tal und über die Hügel. Über die Hügel, ihr Gedanken! Sucht den Weg in das Licht des nächsten Tages. Morgen schon werden wir uns wiedertreffen. Doch jetzt erst einmal die Nacht.

Die Nacht. Die Prärie. Und uns.

Die Macht der Zahnbürste

Als sie schon aufgeben wollte, um sich für den Rest ihres Lebens dem ehemannlosen Zustand zu fügen, klingelte er an ihrer Wohnungstür. Wegen des Fliesenschadens im Badezimmer kam er; ein Handwerker von vielen in diesen Häusern, wo sich Schaden an Schaden reihte. Und doch unterschied sich diese Begegnung von allen anderen ihres mittlerweile vierzigjährigen Lebens, ob sie sie nun mit Handwerkern hatte oder nicht.

»Kennen wir uns nicht?« fragte sie, noch bevor sie »Guten Tag« sagte, und mußte lachen, weil sie sich dumm und frech zugleich vorkam. Conny wohnte in einem kleinen Reihenhaus an der Silk Road über der Stadt Exmouth, mit Wänden so dünn, daß das Haus den Herbststürmen der englischen Südküste hilflos ausgeliefert schien und seine Heizung selbst in milden Wintern nur in der Lage war, sich selbst zu beheizen. Ihr Haus ähnelte den anderen in Aussehen und Hilfsbedürftigkeit, doch sein unenglisch sprießender Vorgarten wirkte wie eine Oase inmitten gepflegter Friedhofsanlagen. Woher sie sich kannten, war schnell herausgefunden. Täglich nahm sie den kleinen Bus hinunter zur Stadt, dessen Fahrer er war. Nun stand er hier mit Arbeitsanzug und Werkzeug und kümmerte sich in seiner Freizeit um die Fliesen anderer, um sich sein Hobby finanzieren zu können: den Eigenbau einer Kirchenorgel.

Während er arbeitete, gerieten sie ins Reden, und er vergaß, die Kacheln auf die Klebemasse zu drücken und alles wurde hart und trocken.

»Dann müssen Sie eben morgen wiederkommen«, sagte sie lachend, und er nickte eifrig und schien ganz und gar angetan von dieser Vorstellung.

Er kam wieder und reparierte nicht nur die schadhaften Fliesen, sondern auch den tropfenden Wasserhahn, entfernte den blinden Spiegel und hängte einen neuen hin, ölte das quietschende Fenster und dübelte den Klorollenhalter an die Wand. Wilbur hieß er, ein irischer Bär mit riesen Pranken und einem Lachen, das in Conny Schwerelosigkeit hervorrief.

Wilbur, der Bär, verwandelte ihr Badezimmer in ein kleines Badeparadies, und sie schmierte ihm erst Brötchen, dann fritierte sie ihm Fish-and-Chips und schließlich lud sie ihn zu einem Candle-Light-Dinner mit sechs Gängen ein, und er brachte eine Schachtel Pralinen mit, hatte seinen feinsten Anzug an und trug eine Nelke im Knopfloch.

Nichts wurde ausgesprochen und doch schien alles klar. Sie schwebten auf Wolken, und eines Tages hatte er wie zufällig eine Zahnbürste dabei und grinste sie mit gesenktem Blick an; sie zog eine Schnute und er blieb über Nacht.

Er ließ seine Zahnbürste in ihrem Badeparadies, und irgendwann meinten beide, daß, wenn er schon eine Zahnbürste bei ihr hätte, er auch bei ihr wohnen könne. Also kündigte er seine Wohnung und zog zu ihr und seiner Zahnbürste.

Aus ihrem Balkon machte er einen Wintergarten, damit es seiner Orgel nicht zu kalt wurde, und aus ihrem Schlafzimmer eine Kuschelhöhle, damit es ihnen nicht zu kalt wurde.

Höhen wechselten mit Tiefen in den Jahren, die sie zusammen waren, Enge und Zwist gesellten sich mitunter zu ihnen, doch immer wieder fanden sie zueinander. Einmal, in einem harten Streit, zog er aus und ließ drei Tage lang nichts von sich hören.

Als er dann wieder in der Tür stand und meinte, seine Zahnbürste wäre ja noch hier, da fielen sie sich lachend um den Hals und heulten Rotzblasen vor Glück.

Sie blieben auch beieinander, als sie sich Hals über Kopf in einen anderen Mann verliebte und ihre Gefühle wie eine Achterbahn in ihr wüteten. »Ich kann dich doch mit deiner Zahnbürste nicht allein lassen«, sagte sie zu ihm, als sie sich mit einem Ruck von dem anderen löste und zurückkehrte.

Als die Bürste, förmlich in die Jahre gekommen, für die Verwendung ihres ureigensten Zwecks nicht mehr zu gebrauchen war, gelang es ihr, Wilbur zum Kauf einer neuen zu überreden.

In dem Kaufhaus, wo er mit fast liebevoller Hingabe eine nach der anderen befühlte, in den Händen wog oder maßnehmenden Blickes musterte, kaufte er sich auch einen goldenen Füller in einem mit Samt beschlagenen Etui.

Die neue Zahnbürste wanderte in das Zahnputzglas und der Füller in einen Pappkarton. Die alte Zahnbürste jedoch, wer hätte das auch anders vermutet, drückte er in die Aussparung des Etuis.

»Ein rechter Ort für ein solch wertvolles Ding«, sagte er theatralisch, und seine Frau schüttelte nur den Kopf.

Freunde von ihnen beneideten sie um die Harmonie des Zusammenseins, und Neider mutmaßten Langeweile in ihrer Beziehung und nannten sie heimlich das »Gartenzwergpaar«. Wie sie es denn aushielte mit einem Mann, der seine Zahnbürste verehrte, wurde sie gefragt, und sie sagte, daß es schlimmer hätte kommen können. »Wenn ich mir vorstelle, er würde jeden Sonntag auf den Fußballplatz rennen, unter seinem Auto liegen oder im Pub hocken, da ist mir sein kleiner Spleen schon lieber.«

Da wurden die Frauen der Männer, die jeden Sonntag auf den Fußballplatz rannten, unter ihrem Auto lagen oder im Pub hockten, ruhig und wußten nichts Passendes zu erwidern.

In dem Maß, wie die Orgel wuchs, wurde ihr Häuschen kleiner, und mit etwas Wehmut verließen sie den Ort, in dem sich ihre Wege getroffen hatten, und zogen in ein neues, freistehendes Haus am Fuße der großen Klippen in Torbay. Es bot einen wunderschönen Blick über das Meer, dessen gleichmäßiges Rauschen ihnen wie der Puls der Natur erschien. Sie lernten die Möwen an ihrem Schrei zu unterscheiden, wenn sie im Flug gegen die Winde stillstanden, als wollten sie sich ihre neuen Nachbarn in aller Ruhe ansehen.

»Hier ziehen wir nie wieder weg«, sagte Wilbur, denn einen schöneren Ort als diesen würde es wohl nirgends geben. Dieser Ort krönte ihre Liebe, und er setzte eine Rosenranke an den Pfosten der Veranda und taufte sie auf den Namen seiner Frau. »Ihre Blüten sind von der gleichen Schönheit wie du«, sagte er an ihrem fünfzigsten Geburtstag, »und ihre Farbe ist die Farbe meiner Zahnbürste.«

Das Haus war groß, neu gebaut und roch anfangs noch nach der frischen Farbe, die die Wände mit bunten Mustern überzog. Sechs Zimmer hatten sie nun und konnten endlich Freunde einladen, die nicht nur zum Essen, sondern auch zum Übernachten dablieben. Unter dem Dach wölbten sich runde Fenster mit dem gleichen kühnen Bogen heraus, wie er sich in den Türen wiederfand. Eine Wendeltreppe führte in den ersten Stock und mündete im Wohnzimmer neben dem Kamin am Erker, durch den hindurch man die beste Sicht auf das Meer hatte, die es wohl geben konnte.

Ihr Leben war der langsame Fluß, der stetig und beharrlich weiterzog, der keine Stromschnellen kannte und keine gefährlichen Wasserfälle. Ihr neues Heim schien wie das Hausboot dazu, und ihre Freunde sahen in ihnen noch immer das Gartenzwergpaar, zu dem eine solche Reise paßte.

Zuerst war es ein Schnupfen. Er kam, ging weg und kam wieder.

»Sowas«, sagte sie, »mitten im Sommer.« Dann gesellte sich die Luftknappheit hinzu, meistens morgens oder wenn sie schwere Arbeiten verrichtet hatte. Conny ging zu ihrem Arzt, der oben auf den Klippen eine kleine windschiefe Praxis hatte und der ihr Hustentee verschrieb. Doch als ihre Atembeschwerden schlimmer wurden, als sie wie Erstickungsanfälle ihre Kehle schnürten, schickte er sie zu Spezialisten.

Es gab kaum eine Behandlungsmethode, die an ihr nicht ausprobiert wurde. So viele Ärzte sie konsultierte, so viele Namen gab es fortan für diese Krankheit. Doch weniger noch, als daß sich die Fachleute auf einen gemeinsamen Namen einigen konnten, waren sie in der Lage, die Symptome zu bekämpfen, geschweige denn die Krankheit selbst. Sie mußte mit ihrer Arbeit aufhören, und Wilbur machte Überstunden und fließte wieder, um sie beide und ihr Haus über Wasser zu halten. In seiner knappen Freizeit kümmerte er sich um seine Frau, deren Zustand stetig schlimmer wurde. Sie konnte nur noch im Bett liegen, hatte Schmerzen beim Atmen, Brennen in den Augen, und seine leichtesten Berührungen bereiteten ihr Qualen. Sie gaben die Tiere, die sich im Laufe der Zeit zu ihnen gesellt hatten, an gute Freunde weiter. So wenig Keime wie möglich sollten in der Luft sein. »Wir holen sie zurück, sobald es dir besser geht«, versprach Wilbur, und tapfer verwand Conny den Verlust.

Eine Pflegekraft kam ins Haus, wenn Wilbur arbeiten ging, doch war er da, dann kochte er für sie, wusch sie und las ihr Geschichten vor. In Connys Nähe nahm er seine Kraft zusammen, um ihre Angst nicht durch seine zu verstärken. Er scherzte und versuchte zuversichtlich zu sein, wo er nur konnte. Doch war er allein, dann hockte er in ohnmächtiger Verzweiflung am Tisch.

Mittlerweile war es Oktober geworden, die Sonne wärmte nur noch wenige Stunden am Tag, es wurde frostig, doch ihr neues Haus bewahrte sie vor Kälte und Wind. Die Möwen brauchten immer mehr Kraft, um im Sturm zu stehen, und doch mühten sie sich, als interessiere sie der Ausgang der Geschichte ihrer Nachbarn.

Abends saß Wilbur allein in seinem Zimmer und lauschte den heiseren Atemzügen seiner geliebten Frau. »Was ist dabei, sie einfach weiteratmen zu lassen in alle Ewigkeit?« fragte er einen Gott, an den er nicht glaubte. Er nahm das Schächtelchen mit seiner Zahnbürste hervor. »Und was tust du? Ich habe dir immer die Kraft zugesprochen, der Hüter unserer Liebe zu sein. Alle haben mich dafür verspottet, doch stets habe ich diese Überzeugung gelebt. Ich weiß ja, du bist nur eine Zahnbürste. Aber du bist Symbol unserer Liebe. Auch wenn es Blasphemie ist, nur noch einmal deine Hilfe, und ich will gern alle heidnische Schuld auf mich nehmen.« Mit bitterem Lächeln öffnete er die Flasche Wein, die sie sich aufgehoben hatten für einen ganz besonderen Augenblick. Und so selten, wie er Alkohol trank, wirkte schon das erste Glas wie ein Keulenschlag auf ihn. Der Rausch bot sich ihm als Freund an, und erkannte er auch die Pranke Luzifers, die ihm einen Mantel gegen die Kälte des Kummers reichte, so griff er doch gerne zu, um die Wirklichkeit damit einzuhüllen. ›Wirb um meine Seele‹, dachte er bitter, ›Wenn meine Frau stirbt, gehört sie dir ohnehin‹.

Irgendwo am Haus hing ein loses Stück Regenrinne, daß der Wind im Rhythmus einer Galeerenpauke gegen die Hauswand schlug. Früher wäre Wilbur gleich losgerannt, um es zu reparieren, doch nun wiegte er sich halbtrunken im Takt dieser seltsamen Melodie. Nach dem dritten Glas betrat er den Zwischenraum, der die Wirklichkeit vom Traum trennt, in dem weder Wachheit ist noch Schlaf. Eine Möwe schrie, doch die hörte Wilbur längst nicht mehr. Er merkte noch nicht einmal, daß er mit dem Kopf nach vorn auf den Tisch klopfte und sich sein Schnarchen in die Platte bohrte. Er träumte. Von einem Vogel, in den er sich verwandelte. Einem großen schwarzen, wie er ihn in London im Zoo gesehen hatte. Und als er mit kraftvollem Flügelschlag aufstieg, da stiebten die Möwen panisch zur Seite. Der große schwarze Vogel Wilbur sah sein Haus unter sich. Es wurde kleiner, je mehr er sich in die Höhe schraubte. Was für ein Gefühl. Er verließ die Insel, flog über endloses Meer, war trunken vor Glück. Die Sonne eilte ihm voran, versuchte sich hinter dem Horizont zu verstecken, doch mühelos holte Wilbur sie ein. Dann sah er unter sich Land. Urwald, der sich mit beweideten Berghängen abwechselte, alten Städten und zerklüfteten Felsen. Mit heftigem Flügelschlag ging Wilbur nieder und landete auf einem großen Platz.

Als die Menschen ihn sahen, warfen sie sich auf den Boden. Wilbur war verblüfft. Er wußte nicht recht, was das alles bedeutete. Zum Gruß erhob er den Arm und sah einen Flügel, der eine Zahnbürste hielt. Ihr glatter Stiel war mit Ornamenten verziert, und die zerfledderten Borsten waren zum Kopf eines langen Stabes geworden. »Der große Regenmacher«, riefen sie, »die Prophezeiung ist endlich eingetreten: In größter Not wird ein Fremder aus dem Land des Regens kommen, um uns zu retten. Gelobet sei der Fremde, und seine Kraft möge den Himmel öffnen und die Felder fruchtbar machen.«

»Moment mal«, wandte Wilbur ein, »da liegt ein Mißverständnis vor. Ich bin gar kein Regenmacher, allenfalls Klempner.«

Seine Worte wurden mit frenetischem Jubel quittiert. Eine Gasse bahnte sich, durch die hindurch ein Priester auf ihn zutrat. »Großer schwarzer fremder Gott, tanz uns bitte den Regentanz, ich flehe dich an.«

Wilbur beugte sich flüsternd zu ihm: »Wirklich, ich habe davon keine Ahnung. Und ich bin weder Gott noch Vogel, ich bin Engländer.«

»Engländer können nicht fliegen, und Vögel können nicht sprechen«, erwiderte der Priester, »also mußt du ein Gott sein. Mach uns Regen.«

»Hör mal«, rief Wilbur aufgebracht und fing an, auf einem Bein zu hüpfen. »Ich bin der Falsche, oder nennst du das hier vielleicht Tanzen?«

Der Priester breitete die Arme aus. »Wir hatten noch keinen Regentänzer hier, keine Ahnung, wie so ein Tanz aussieht.«

»Aber du mußt doch zugeben«, keuchte Wilbur, während er von einen auf den anderen Fuß sprang, »daß man hiermit keinen Regen erzeugen kann. Selbst wenn ich mich dabei im Kreis drehe.« Er drehte sich im Kreis und blieb dann schweratmend stehen. »Siehst du?«

Der Priester öffnete die Arme noch ein Stückchen weiter, sah zum Himmel und ließ sich auf die Knie fallen. »Danke«, stieß er hervor, »danke.«

Ein dicker Regentropfen platschte Wilbur auf die Stirn. Augenblicke später goß es in Strömen. Perplex ließ er die schwarzen Flügel hängen. »Zufall«, versuchte er zu erklären, aber niemand hörte ihm mehr zu. Die Menschen ließen ihrer unbändigen Freude freien Lauf. Sie tanzten und sangen und als es Wilbur zu naß wurde, stieg er wieder auf, begleitet vom Dankesgesang der Menschen.

Als Wilbur am frühen Morgen erwachte, lag er vornübergebeugt auf den Tisch gelehnt, mit eingezogenen Beinen, als wäre er in einem Sitzgrab bestattet worden. ›Ich muß stundenlang so gehockt haben‹, dachte er bei sich. Seine Gelenke knirschten beim Strecken, und irgendwie fühlte er sich wie ein lebendig Begrabener. Die leere Flasche stand vor ihm, und der Gedanke, sie allein geleert zu haben, erzeugte in ihm Übelkeit. Der Übelkeit gesellte sich ein Dröhnen im Kopf hinzu, und nur mühselig erinnerte er sich seines Traumes. Er nahm seine Zahnbürste in die Hand. Sie war wieder die alte zerfledderte Zahnbürste; so wenig Zepter, wie er ein großer schwarzer Vogel war. Mühsam erhob Wilbur sich. Ein paar Stunden noch richtigen Schlaf. Doch als er sich auf die Couch legte, auf der er schlief, seit Conny seine Nähe nicht mehr ertragen konnte, fiel ihm ein Wassertropfen auf die Stirn. Ruckartig kam er wieder hoch. Es gab eine undichte Stelle im Dach, das wußte er. Doch machte sich das nur bei starkem Regen bemerkbar. Wilbur trat ans Fenster. Ein gigantisches Aufgebot von Wolken hatte sich über der See aufgetürmt, aus denen es regnete, wie Wilbur es noch nie erlebt hatte.

»Kein Wunder, daß ich vom Regen träume«, sagte er laut, um sich durch den Klang seiner Stimme zu beruhigen. Er schaute in das Zimmer seiner Frau und hörte einen Moment ihrer heiseren unregelmäßigen Atemzüge zu. Leise schloß er die Tür, schob die Couch beiseite und versuchte zu schlafen.

Doch er fand keinen Schlaf. Nach einer halben Stunde, die er sich wie ein kränkendes Schiff hin- und hergewälzt hatte, stand er wieder auf. Die See hatte sich in ein Monster verwandelt, ihre Wellenberge in millionenfache hungrige Mäuler, die darauf warteten, alles Leben dort draußen in die Tiefe zu ziehen. Der Regen schlug mit aller Kraft gegen das Haus. Rechts und links vom Fenster schoß das Wasser aus den nach vorn gebogenen Regenrinnen wie aus Feuerwehrschläuchen in den Vorgarten hinein, der sich in einen schlammigen Morast verwandelt hatte, und Wilbur packte die Angst. Er rannte auf die andere Seite des Hauses und sah den Berg hinauf, der nicht mehr schützend wirkte, sondern düster und bedrohlich. Soweit sein Auge reichte, war die Schlammlawine zu sehen, die sich wie eine Trauerprozession den Hang hinunterschob. Der Regentanz, schoß es ihm durch den Kopf, und wieder fiel es ihm schwer, Traum und Realität voneinander zu trennen. Der Schlamm würde ihr Haus fortspülen, sie waren in Lebensgefahr.

»Was ist los?« fragte Conny erschreckt, als er sie vorsichtig weckte.

»Wir müssen das Haus verlassen«, sagte er möglichst ruhig, und sie sah ihn an wie einen Verrückten.

»Bei dem Wetter?«

»Ich würde es nicht von dir verlangen. Aber sicherheitshalber sollten wir ein paar Tage woanders wohnen. Hinter dem Haus haben sich Schlammassen angesammelt und werden irgendwann den Weg nach oben versperren. Wenn es so weiter regnet ...«

Doch längst schon gab es den Weg nicht mehr. Als sich beide angezogen hatten und er sie stützend aus dem Haus führte, sahen sie die Flagge des britischen Empires, die sie ihrem Morris an die Antenne gebunden hatten, aus dem Schlamm herausragen.

Zum ersten Mal in seinem Leben fühlte Wilbur, wie ihm die Knie weich wurden vor Angst. Selbst allein hätte er es bei diesem Wetter kaum zum nächsten Haus geschafft, und für Conny, geschwächt durch ihre Krankheit, würde jeder Versuch den sicheren Tod bedeuten. Sie schien es zu spüren; wie gelähmt ließ sie sich in das Haus zurückbringen.

»Da müssen wir wohl warten, bis das Wetter besser geworden ist«, sagte Wilbur leichtherzig, doch beide wußten, daß der Regen das Haus fortreißen würde.

Das Schlimmste war ihm nicht sein Leben. Seiner Frau nicht helfen zu können, sie, die ihm das Wichtigste war, vielleicht nicht retten zu können, zerriß ihm das Herz. Wilburs Zuversicht und Mut waren wie ein langsam berstendes Stahlseil. Nur noch wenige Stränge hielten ihn von der Panik ab. Er umklammerte Conny, als könne er der Naturgewalt Einhalt gebieten, den Himmel damit beeindrucken.

Doch höhnisch lachend fegte der Sturm immer mehr Wassermassen über sie hinweg. Irgendwann gab es einen Ruck und das Haus sackte zur Seite, stand dann wieder still, bewegte sich erneut ein Stück. In der Küche klirrte eine Scheibe und ein Wasserfall ergoß sich über den Küchenschrank. Draußen brachen die Pfosten der Veranda und verschwanden mit der Rose im Schlamm. Ein erneuter Ruck ließ sie wie auf einer Scholle in Richtung Meer rutschen. »Ich liebe dich«, flüsterte Conny, »ich liebe dich, ich liebe dich.«

Doch hinein in das Fauchen des Unwetters gesellte sich ein anderes Geräusch. Ähnlich dem des Sturmes, doch gleichmäßiger, metallischer. Trotz des ohrenbetäubenden Lärmes vernahmen sie plötzlich Rufe wie aus einem Lautsprecher.

»Achtung, Achtung, ist da jemand? Kommen Sie vor die Tür! Achtung, ist da jemand?«

Sie stürzten hinaus. Wenige Meter über ihnen schwebte ein riesiger Hubschrauber, dessen Suchscheinwerfer sie blendeten. »Ein paar Verrückte sind gekommen, um uns zu retten«, stammelte Wilbur mit erstickender Freude. Er wollte »Hier« schreien, doch seine Kehle war wie zugeschnürt, und so konnte er nur mit den Armen rudern.

Der Hubschrauber trotzte dem Sturm. An seiner Unterseite, neben der roten Blinkleuchte, waren die Buchstaben SAR zu lesen, Search and Rescue, Suchen und Retten. Aus der offenen Kabinentür seilte sich jemand zu ihnen nach unten ab. Es war ein Soldat der Coast Guard, und trotz des Helmes, den er trug, glaubten sie sein Lächeln zu erkennen, als er neben ihnen landete.

»Zuerst die Frau«, brüllte der Soldat gegen den Sturm und fing sofort an, das Rettungsgeschirr um Conny zu legen. Ein Daumenzeig, und die Winde zog ihn und sie in die Höhe, hinein in die Kabine, neben der aufgeklebten Vogelsilhouette.

»Außer Ihnen sonst noch jemand im Haus?« fragte der Soldat schreiend, als er wieder unten war. Der Mann schüttelte den Kopf. Und kaum, da kräftige Arme sie in das Innere des Hubschraubers gezogen hatten und Wilbur und Conny sich in die Arme fielen, durchmaß die Maschine unbeirrt aller Naturgewalten die Luft.

»Wie können Sie bei diesem Wetter fliegen?« rief Wilbur gegen den Lärm, als sich die Anspannung etwas gelegt hatte.

»Das Wetter, bei dem wir nicht fliegen«, erwiderte der Flieger verwegen, »gibt es nicht.«

Man brachte sie in ein Krankenhaus nach Exeter, und als sie ausgestiegen waren, konnten sie nur kurz »Danke« stammeln, dann waren die Flieger schon wieder in der Luft, und das Brüllen ihrer Turbinen stellte sich kampfeslustig dem Sturm.

Connys Zustand hatte sich verschlechtert, und vorsichtshalber brachte man sie auf die Intensivstation. Wilbur selbst kam in einen großen Raum, der einem Lager glich und in dem viele Menschen trübselig nebeneinander hockten. Man reichte ihm warmen Kakao und bot belegte Brötchen an, doch er hatte keinen Hunger.

Er suchte einen Waschraum auf, um sich frisch zu machen. Beim Ausziehen seiner Jacke fiel ihm seine alte Zahnbürste in die Hand. »Eigentlich müßte ich dich wegschmeißen«, sagte er, »aber du bist in der Tat das einzige, was mir geblieben ist.«

Sie schmeckte anfänglich etwas fad, denn jahrelang schon hatte er sie nicht mehr ihrer eigentlichen Bestimmung gemäß genutzt. Wenn sie auch in gewisser Weise Schuld daran trug, daß ihr Haus im Meer versunken war, so konnte man sie immerhin noch zum Zähneputzen nehmen, und dieser Umstand rettete sie.

So schnell wie der Sturm gekommen war, so rasch verschwand er auch wieder. Die Meteorologen waren ratlos ob seines Erscheinens; fast aus dem Nichts war er aufgetaucht und hatte selbst die Wettercomputer überrascht. »Mystisch!« kommentierten sie dann auch ratlos.

Die beiden zogen zu Freunden ins Landesinnere. Hier würden sie wohnen können, bis sie etwas Neues gefunden hätten, denn vom Haus waren nur Trümmer übriggeblieben. Langwierige Verhandlungen begannen, Laufereien und Behördengänge, die Reste ihres Hauses wurden weggekarrt. Lastwagen kamen, luden mit ihren Greifern die Trümmer auf und fuhren sie zur Kippe. Zurück blieb ein morastiger, brauner Boden. Und eine zerstörte Orgel, die wie ein gestrandeter Ozeanriese aus dem Wasser ragte.

Hoffnung kam für die Sturmopfer auf, als im Parlament davon geredet wurde, Unterstützung zu zahlen für die Existenzlosen, doch der nächste Hieb traf Conny und Wilbur schon ein paar Tage später.

»2000 Pfund für den Abtransport auf die Müllkippe?« Wilburs Hände zitterten, als er die Nummer der Abbruchfirma wählte.

»Naja«, sagte der Chef, den er sich persönlich ans Telefon hatte holen lassen, »die machen doch neuerdings diese Messungen auf den Kippen, und wir dürfen Ihr Haus nicht auf eine normale Deponie bringen. Ich habe die Meßdaten gesehen. Was haben Sie gemacht? Formaldehyd in reiner Form verbaut? Haben Sie nicht ständig Kopfschmerzen gehabt?«

Es dauerte eine Weile, bis Wilbur begriff. Formaldehyd. Conny war fast nur im Haus gewesen. Und je schlechter es ihr ging, desto weniger verließ sie es. Es war das Haus, das sie krank gemacht hatte. Kein Wunder, daß ihr keine Arznei geholfen hatte. Sie schien viel anfälliger als er dagegen zu sein und hatte sich den Ursachen ihrer Krankheit immer wieder aufs neue ausgesetzt. Wilbur rannte in ihr Zimmer. Erschreckt sah sie von ihrem Buch auf. Sie las. Sie las wieder selbst.

»Wie geht es dir?« fragte er aufgeregt, und Conny holte tief Luft. »Ich kann heute atmen, ohne zu husten. Außerdem habe ich Hunger auf Pizza.«

Er umarmte sie, küßte ihr die Stirn und strich ihr mit beiden Händen über das erstaunte Gesicht. »Du wirst gesund werden. Ich weiß jetzt, daß du wieder gesund werden wirst.«

Er rannte zum Telefon, rief den nächsten Pizza-Service an und bestellte die größte Pizza, die lieferbar war. »Packen Sie alles drauf, was Sie haben, und wenn der Platz nicht reicht, machen Sie sie einfach größer.«

Nachdem sie gegessen hatten und Conny eingeschlafen war, ging Wilbur in seinen Raum und schloß die Tür. Er stellte sich ans Fenster und sah hinaus. Irgendwo weit oben glaubte er einen Vogel fliegen zu sehen. »Zufall«, murmelte er für sich. Dann stellte er sich auf ein Bein, breitete die Arme aus und hüpfte leise durchs Zimmer.

Inhaltsverzeichnis

STEPHAN SAREK BEI RAKE

»Können Pinguine fliegen?«

13 Erzählungen, 1996

ISBN 3-931476-04-9

Stephan Sarek erzählt in seinem Buch „Können Pinguine fliegen?" 13 skurrile, episodisch angelegte Geschichten über das Leben, Älterwerden, die Liebe und Kinder, Ufo's und absonderliche Ereignisse. Er beeindruckt durch seinen feinen und kurzweiligen Humor, mit dem er die Probleme unserer Zeit andeutet, sie miteinander verknüpft, sie gegeneinander ausspielt und Lösungen schildert, die gelebt und nicht nur gedacht werden.

»Stephan Sarek verleiht nicht nur einem Schwein Flügel, sondern auch der Fantasie des Lesers. »Können Pinguine fliegen?« Warum nicht. Verliebte Bären können es doch auch!«

Frankfurter Rundschau

»Das Truthuhnparadies«

Roman, 1997

ISBN 3-931476-06-5

»Das Buch gleicht einer rauschenden Party« *Oberhessische Presse*

Maria ist frisch in Berlin. Trotz der Mahnungen der Mutter stürzt sie sich kopfüber in die neue Welt. Als erstes trifft sie Björn, der sich unter dem Joch eines selbst auferlegten Zölibats quält und den nur eines interessiert: Truthühner. Er hält sie für Außerirdische, die von der Regierung gefoltert und zu Hackfleischbällchen verarbeitet werden. Die Ereignisse überschlagen sich, als Björn Truthühner von einer Farm befreien will. Aus dieser Befreiungsaktion entwickelt sich nicht nur eine Liebesgeschichte, sie wirbelt auch die Politik durcheinander: Grüne und Konservative diskutieren beim Verzehr von Gemüsebratlingen die Schaffung eines „Truthuhnparadieses" in Deutschland. Auch der Bundeskanzler kommt noch zu Wort.

»Der Mumiengarten«

Roman, 1998

ISBN 3-931476-18-9

Zum dritten Mal läßt Stephan Sarek seine Phantasie auf Hochtouren laufen und entzückt mit seiner Heldin Sophie, einer jungen, alleinerziehenden Mutter, die einen alten Mann davor bewahrt, in ein Altenheim abgeschoben zu werden. Sarek schildert nicht nur, wie schnell sich der eintönige Alltag in ein spannendes Abenteuer verwandeln kann, sondern führt uns ein schillerndes Figurenensemble vor Augen, dem man augenblicklich Symphatie entgegenbringt. »Der Mumiengarten« ist Krimi, Screwball-Komödie und Fantasyspaß, den es in dieser Form bislang noch viel zu selten gibt. Ein undurchschaubarer Leichenbestatter, ein kindlicher Batman und verwechselte Mumien sowie eine amazonenhafte Protagonistin verhelfen – natürlich! – dem Guten zum Sieg.

»›Der Mumiengarten‹ ... Fast schon ein Kunstwerk.«

tip, Berlin Magazin

»Fantasy, Kriminal- und Liebesgeschichte mischen sich auf amüsante Weise. Sareks Spezialität, Situationskomik und umwerfend witzige Dialoge, fehlen auch diesmal nicht und machen das Lesen zu einem reinen Vergnügen. Eine spritzige, abwechslungsreiche, ein wenig skurrile, aber keineswegs künstliche Handlung tut ein Übriges, um dieses Buch sehr empfehlenswert (...) zu machen.«

Dagmar Härter

»Das Hanfkraftwerk«

Roman, 1999

ISBN 3-931476-24-3

Das Experiment Hanf

Wenn eine Gruppe von Studenten es schafft, eine alternative Energiegewinnung mittels Hanf zu finden, reagiert das kleinstädtische Leben in Kastanar alles andere als besonnen. Als die Studenten einen Notstand inszenieren, um den grünen Bürgermeister zu einem Testlauf ihres Verfahrens im AKW zu zwingen, überschlagen sich die Ereignisse. Ihre Inszenierung wird von der Wirklichkeit eingeholt, und folgenreiche Mißverständnisse beeinflussen den Verlauf der Geschichte. Die Zeitungsmeldung, Joschka Fischer habe das Amt des Bundeskanzlers übernommen, verändert die Situation zugunsten der Studenten; der Testlauf findet statt. Als das

Verfahren tatsächlich die erhoffte Wirkung bringt, scheinen die Studenten gewonnen zu haben. Doch plötzlich erkennen sie die wahren Hintergründe der Geschichte. Der Wettlauf beginnt erneut.

»Spannend, turbulent, lustig, und verwechslungsreich ist die Geschichte.(...) Ohne Einschränkung zu empfehlen.« Dagmar Härter

101 GRÜNDE
bei Rake

»In der Satire-Reihe 101 Gründe finden sich für fast jeden Anlass wunderbar komische Geschenkbücher!« Jürgen Deppe, NDR

– Ohne Frauen zu leben
von Jens Oliver Haas
– Ohne Männer zu leben
von Gerlis Zillgens
– Keine Kinder zu kriegen
von Stefanie Baumm
– Ohne Fussball zu leben
von M. Lucht & D. Udelhoven
– Kein fernsehen zu gucken
von J. Klocke & Laabs Kowalski
– Nicht zu studieren
von Bernd Zeller
– Kein Auto zu fahren
von M. Sommer & B. Pfeffermann

HILFE!
bei Rake

Hilfe! Wie ändere ich meinen Partner?
Ratgeber
von A. Schrader & J. Timsch
ISBN 3-931476-26-x

Mal ehrlich: Wer ist schon zufrieden mit seiner Beziehung? Niemand – genau! Da liegt es doch nahe, das zu ändern. Aber dazu muss man nicht gleich das Toscana-Domizil diverser Paartherapeuten finanzieren oder – noch schlimmer – bei sich selbst nach Ursachen der Misere suchen. Und schon gar nicht den Partner austauschen, nur um geschäftstüchtigen Scheidungsanwälten Geld in den Rachen zu werfen. All das muss nicht sein!

Die kluge Lösung: Man ändert einfach den alten Partner – ob er will oder nicht! Doch wie wird es gemacht? Verzweifeln Sie nicht – wir helfen weiter! Unser Motto: »Tun Sie sich was Gutes. Ändern Sie Ihren Partner!«

– HILFE! Geschenke für Eltern – verzweifelt gesucht
von A. Schrader & J. Timsch

Martin Perscheid

Floradomie

40 Seiten, Hardcover
vierfarbig illustriert
DM 12,80
ISBN 3-931476-29-4

Martin Perscheid beeindruckt mit einer einzigartigen Bildergeschichte – von der Liebe eines Mannes zu einer Blume. Romantisch? Ja! Mit Herz? Ja! Süßlich-sentimental? Mitnichten! Perscheid bleibt der Groteske seiner Cartoons treu: Eine Romanze mit wahrlich wundersamem Ausgang, denn die Liebe zur Blume läßt den Mann bildlich Wurzeln schlagen ...

Jens Oliver Haas & Martin Perscheid

If..., die wahre Geschichte der Welt

160 Seiten, Paperback,
vierfarbig illustriert
DM 19,80
ISBN 3-931476-25-1

If..., das ist lebendige Geschichte für Zweifler, Spötter und Phantasten. Verfolgen Sie in 15 Kapiteln vom Urknall bis zur Wiedervereinigung die Menschheitsgeschichte. Lesen Sie, daß die Markomannen in den Neckermannen fortleben, daß Jerusalem in Gelnhausen liegen könnte, daß die Wiedervereinigung ein Übersetzungsfehler war und Neil Armstrong eigentlich Nell hieß. Erfahren Sie die Antworten auf Fragen, die von Historikern, Wissenschaftlern und der Kirche hartnäckig verschwiegen werden. Und werfen Sie nebenbei zusammen mit den Autoren einen ironischen Blick auf Sinn und Unsinn des Lebens. Haas und Perscheid haben ihre Köpfe zusammengesteckt, und herausgekommen ist die seit langem witzigste Geschichtsschreibung unserer Zeit!

»Martin Perscheid gibt uns nicht nur einen Einblick in die Katastrophen des Alltags, sondern beantwortet auch überzeugend jene Fragen, die Generationen von Wissenschaftlern bislang nicht zweifelsfrei klären konnten.« Mittelbayrische Zeitung

»Wer Gary Larson liebt, wird auch Martin Perscheid mögen: (...) der abgedrehte Humor, der sich aus dieser speziellen Kombination von absurder Zeichnung und lakonischem Kommentar ergibt, ist der gleiche. Dabei hat Perscheid keineswegs abgekuckt. Alle Achtung!«
Stadtzeitung Braunschweig